31番目のお妃様 10

桃巴

ビーズログ文庫

イラスト／山下ナナオ

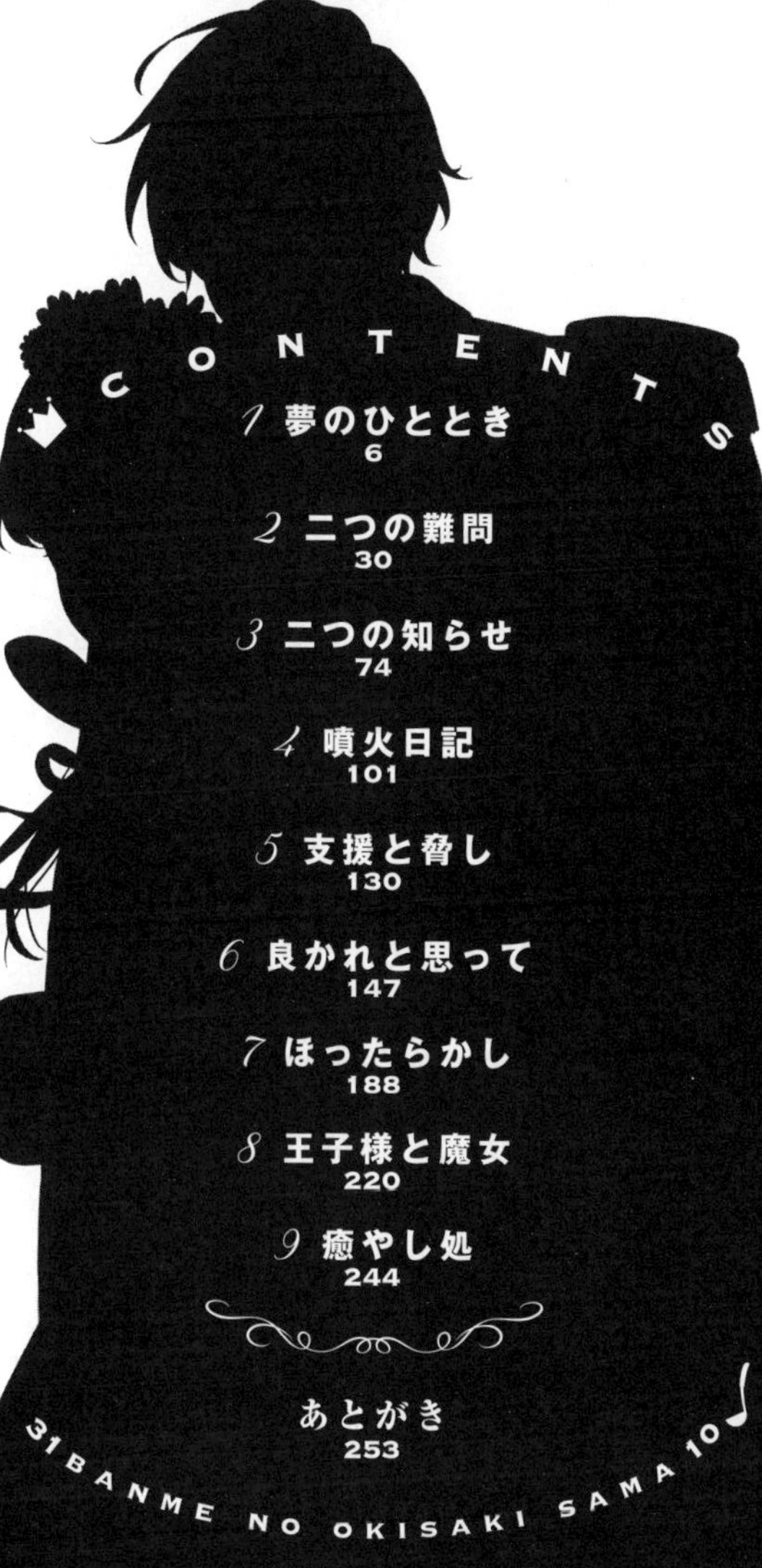

CONTENTS

31BANME NO OKISAKI SAMA 10

31番目のお妃様◆人物紹介
マクロン
ダナン国の国王。
『今日はいつから三十一日になったのです？』と言われなくなり、ホッとしている。
リカッロ(左)＆ガロン(右)
カロディア領主と弟。
フェリアの２人の兄でもある。
フェリア
ダナン国の王妃。
天空の孤島カロディア領出身。
元31番目のお妃様。

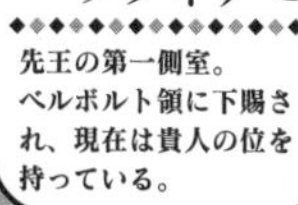
シルヴィア
ソフィアの娘。ボロルに嫁いだ公女。
ソフィア
先王の第一側室。ベルボルト領に下賜され、現在は貴人の位を持っている。
ジルハン
マクロンの双子の弟。

サブリナ(左)&ミミリー(右)
元妃候補。今はフェリアの忠臣。
エルネ
元『烈火団』の紅一点。鍛冶場で働いている。
ビンズ
第二騎士隊の隊長。マクロンと幼少からの付き合いがある。

1 夢のひととき

「喜べ、フェリア！　白馬に乗った王子様が迎えに来たぞ」

熊男リカッロが、バターンと扉を開いて言った。

「まあ！　本当に王子様が？」

フェリアはリカッロに嬉々として返す。

「ああ、そうだとも！　白馬に白タイツ、カボチャのパンツにバルーン袖のお衣装だ。王子様に違いない」

「バームクーヘンの首巻きは？」

両手を組んで祈るように訊くフェリアに、リカッロが大きく頷く。

「王子様が迎えに来てくれたのね……」

フェリアは感極まった。

「ふふぁあ、リカッロ兄さん……声が大きいって」

ボサボサ頭の男ガロンが、髪を掻きながら現れる。

「こんな『天空の孤島領』に王子様なんか来ないからなぁ」

「そんなはずないわ！　呪われた王子様がここに来るって、古の手帳に記されているもの！」

　フェリアは、古びた怪しげな手帳を掲げる。

「その何が書いてあるかわからない手帳を読めたのか!?」

　リカッロが感心したように腕組みしながら言った。

　ガロンがフェリアの掲げた手帳をかっ攫う。

「あー、これね。古の手帳じゃなくて、インチキ薬師の忘れ物だよなぁ」

「インチキ薬師じゃないわ！　あの方は魔法使いよ」

　フェリアはガロンに反論する。

　ガロンがやれやれと言わんばかりに肩を竦めた。

　トントントン
『呪いを解く姫に会わせてくれ』

　扉が叩かれ、その向こうから男の声がした。

「やっぱり、呪われた王子様がここに！」

　足早にフェリアは扉へ向かう。

「待て、フェリア。呪いの解き方はわかっているのか？」

　リカッロが問うた。

「あっ」

フェリアは目を瞬いた。

「へへへ」

「笑って誤魔化すなよなぁ」

ガロンが呆れたように言う。

「大丈夫！　絶対に呪いを解いてみせるわ」

フェリアは扉を開けた。


「やあ、君が我の呪いを解く姫かな？」

白馬に乗った王子が、フェリアに問う。

フェリアは王子をガン見した。

「白馬……白タイツ……」

以下カボチャのパンツにバルーン袖の服、バームクーヘンの首巻きを実際目の当たりにしたフェリアは……真顔になった。

「クッ、その真顔が我の胸を抉る。この『白馬に乗った王子様の呪い』のせいで、我はこんな真顔の視線を浴びているのだ。姫、どうかこの呪いを解いてくれ‼」

項垂れた王子の頭にはリボンがついている。

どこをどう突っ込んでいいものやら。

フェリアはフワリと宙に浮き、迷うことなく王子のリボンを解いた。

解いたのだ。たぶん、呪いも。

モアモアモア、ピカーン

煙が立ち、まばゆい光が放たれた。

「我が名は、マ・クローン、呪いを解いてくれて感謝する」

マ・クローンがフェリアに手を差し出す。

白馬はそのままだが、白タイツにカボチャのパンツ以下同文の衣装ではない。眩しい笑顔に、白い歯がキラッと光っている。

フェリアは頬が桃色に染まった。

「私はフェリア。私が解いたのはリボンですわ」

フェリアはマ・クローンの差し出した手に、解いたリボンを乗せた。

「リボンが似合うのは、フェリア嬢だ」

マ・クローンが白馬から下り、フェリアの髪にリボンを結ぶ。

フェリアはそこで違和感を覚えた。

「あれ？　あれれ？　リボンを解く十八番の方は……」

フェリアの視界がグルグル回り、脳裏に愛しい者の顔が浮かぶ。

瞬時にフェリアは現実を思い出した。

「私は王妃フェリア！　ダナン王マクロン様の妃よ！」

叫んだ途端、フェリアの視界からマ・クローンが消えた。

マクロンは眠るフェリアの髪を優しい手つきで撫でる。

「もう少し寝かせてやりたいのだが……」

フェリアの前髪をソッと上げて軽く唇を落とした。

フェリアがモゾモゾと動く。

「白タイツ……王子様……ムニャムニャ」

その寝言に、マクロンは戸惑った。

「白タイツ……」

フェリアの寝言を思わず復唱する。

「フェリアの幼い頃の憧れだったか……白馬に乗った王子。白タイツなのか？」

マクロンはそこで自身の白タイツ姿を想像した。

「無理だ、穿けぬ……」

ドンドンドン

『さっさと起きてください！』

いつものようにビンズが登場した。

『お二人とも！　本日も、びっちり、きっかり、ちゃっかり、山のごとく、仕事が隙間なく埋まっていますから！』

マクロンは扉を忌々しげにひと睨みする。

「ん……んっ、うーん」

フェリアの意識が浮上してくる。

「お目覚めかな、眠り姫は」

マクロンはすかさずフェリアに目覚めのキスをした。

すると、フェリアの瞳がパッチリ開く。

「マクロン様⁉」

フェリアがギュッとマクロンにしがみつく。

「フェリア、どうした？」

「マ・クローンではない？」

マクロンはブッと噴き出した。

「また、怪しげな夢でも見たのか？」

フェリアがマクロンをジッと見つめ、安堵した表情になる。

「おはようございます、マクロン様」

「ああ、おはよう、フェリア」

『おはようございます!!　さっさと起きてください！』

三者三様の挨拶が続いた。

マクロンとフェリアは見つめ合う。

「起きましょ、マクロン様」

「ああ……あー、白タイ、ッ、はだな」

「はい？」

フェリアがキョトンとしている。

マクロンは小さく首を横に振る。

「いや、なんでもない。もう少しベッドの住人でいたいのだが」

ドンドンドン
『次こそ蹴破りますよ！』

「あいつは、毎日毎日飽きもせず叩き起こしにくるな」

マクロンのこめかみに青筋が立つ。フェリアを布団で包むと、サッと立ち上がり扉へと向かった。

マクロンは扉を勢いよく開ける。

「イテッ」

扉はビンズの額にガツンと当たった。

「すぐに準備するから待っていろ」

マクロンは素早く扉を閉めた。

フェリアが布団から顔だけ出して笑っている。

「マクロン様も毎日毎日飽きもせず、ビンズにやり返しますね」

ダナン王城はいつも通りの朝を迎えたのであった。

いつも通りとならないのは政務である。

マクロンは朝の日課の鍛錬でひと汗掻いてから、近衛隊長と共に執務室へ向かう。

「そうか……ハンスは行ったか」

瀕死の状態から脱し、王城を去ろうとするハンスを、半ば強制的に押し留めて治療を続けさせた。

やっと安心できる状態まで回復したが、ミタンニへ戻れる体ではない。カロディア領での療養を説得し、ダナン王城に身を隠しているペレが同行して密かに出発したのだ。

マクロンもフェリアもあえてハンスと顔を合わせることはしなかった。ハンスの矜持を踏みにじることになるからだ。

カロディア領には、アルファルド王弟バロンと、モディ国第十三王子ラファトが滞在している。養子の件は、アルファルド王の承認待ちである。

ハンスは、自身が守り抜いたラファト王子が健在であることを確認できるだろう。

「カロディアでゆっくり療養してもらいたいが……」

「ご想像通りの結果になるかと」

近衛隊長がマクロンの想像を肯定する。

「ミタンニに戻るか、またややこしく動くか、どちらにしても……」

『動けるようになれば姿を消すだろう』

続く言葉を胸の内にしまう。

「ハンスのことだ。きっと、また」

マクロンはフッと笑った。

「ハンス様の置き土産ですが」

近衛隊長の言葉に、マクロンは首を傾げる。

「置き土産？」

「X倉庫番に、元近衛隊長を推薦するそうです。倉庫番の長なので『番長』とでもしてほしいと笑っておりました」

マクロンはフォフォフォと笑うハンスを想像し、思わず頬が緩んだ。

「なるほど、『番長』か。良い呼称だな」

元近衛隊長もハンスと同様に深手を負っていた。

傷が治っても、元の体に戻るのは年齢的に難しいだろう。それでも鍛錬を始めるあたりは流石元近衛隊長である。

「X倉庫番を任せよう。……ハンスや元近衛との連絡の中枢になってもらう」

「では、伝鳥が必要ですね」

近衛隊長の言葉にマクロンは頷く。

ミタンニやカルシュフォン、アルファルドとてダナンからは遠い地になる。続け様に起こった様々な事件で、連絡ができず背後関係を掴めなかったことは記憶に新しい。

遠い地との連絡は多くの人を跨ぐと時差が生じる。

ハンスからの連絡が、直に王城に届くのが望ましいのだ。

「伝鳥といえば、エミリオから連絡はないか？」

エミリオがミタンニへ出発する際に、月に一度の伝鳥連絡を約束していた。

「そろそろかと思います。伝鳥が飛来しましたらすぐにお知らせします」

ミタンニはエミリオ入城で大いに盛り上がった、とゲーテ公爵から報告された。

ゲーテ公爵や、もう一人のペレもまだミタンニである。エミリオの足場が盤石になるまでは滞在することになるだろう。

「イザベラも出立させねばな」

ミタンニの安定が確保されてからと、出発は延期されていた。

「モディの跡目争いも頓挫した。草原は不安定な状況だ。モディは他国に目を向ける状態にない」

建国三十年の新たな国は、大きな壁にぶち当たっている。

「国として成ったのなら、草原暮らしをしていた時のしきたりは通用しない。今まで通りを超えて立国したのだから、しきたりを踏襲することに矛盾を感じなければならなかったのだ。モディは、今まさに岐路に立っているのだろうな」

それは、モディ国第二十六王子モファトも口にしていたことだ。

「モファト王子を狙う刺客、もしくは間者は？」

ラファト王子を騙って、ダナンで安穏に過ごし、頃合いを見計らって沈静草と『ノア』を手に、モディに戻ろうと画策したモファト王子は、十名の配下と一緒にフーガ領の幽閉島行きになった。

「今のところ、そのような者の入国は確認されておりません」

跡目争いが頓挫していても、自国の失態となった王子の存在は消したいと願うかもしれないし、反対に自国へ王子を連れ戻す動きも考えられる。

「ミタンニ行きを希望する民は返すから、モディのことに口出し不要、だったか」

モディ王からの返答だ。

絶妙な返答とも言えるのは、モファト王子のことを記していなかったからだ。モファト王子もモディのことと判断すれば、刺客や救い出す間者がいても放っておいてくれるともとれる内容になる。

「前回の親書といい、立国を成したモディ王は切れ者だな。……どう跡目争いを収束させるのか見物するしかあるまい」

マクロンはそこで大きくひと息つき、執務室へと入ったのだった。

31番邸のもぬけの殻となった部屋を確認し、フェリアは苦笑した。
そこは、ハンスがいた部屋である。
「フェリア、どうしたぁ？」
ガロンが言った。

ミタンニからダナンに戻ってきたガロンは、リカッロと入れ替わる形で、魔獣関連の後処理と薬事官の仕事をしている。

サムは、薬事官としてミタンニに赴くこととなった。魔獣の暴走は沈静化したが、魔獣に対処できる者が草原に近いミタンニに必要だからだ。

ダナンに一旦戻った後、マクロンから薬事官に任命され、再度ミタンニに出発した。

他の幼なじみらも、同じように薬事官として、輪番制で王城と補給村に行くことになっている。

「ううん、なんでもないわ。ただ……安心したのかしら」

少しだけ寂しげな表情のフェリアの肩を、ガロンがポンポンと叩いた。

「ベッドに横たわる者がいないのは、嬉しいことだぁ。空になったベッドこそ、医官や薬師の誉れ。だろ？」

「ええ、そうね！」

フェリアとガロンは笑い合った。

「寂しく思うのは、見送りができなかったからさぁ。俺も同じだぁ」

見送りはマーカスだけ。密かに出発できるように手引きし、……二人の父を送り出したのだ。

それ以前に、フェリアはハンスを見舞うことはしていない。顔を合わせないことこそ、ハンスとの絆である。

「うん……」

フェリアは目を閉じた。ベッドから起き上がって出発するハンスの姿を思い浮かべる。

『フォフォフォ、こんな所で時間を潰すなどダナン王妃として感心しませんぞ』

そんな言葉が浮かんできて、フェリアは思わず頬を緩める。

「ハンスのことだもの。きっと、また」

フェリアは大きく深呼吸した。

「のんびりしていられないわ。見送る人は他にもいるから」

「あのお姫さんの見送りかぁ？」

「ええ、ラルラ国のリシャ姫も出発するわ。魔獣図鑑編纂のため各国に向かうのだって。だから、これからいつものメンバーでお茶会よ。ハンスは見送れなかったけれど、リシャ姫は見送れるわ」

そこで、侍女のケイトがお茶会の準備が整ったことを知らせた。

フェリアはガロンと別れ、薔薇咲き誇る15番邸の茶会場に向かったのだった。

「意中の方の手首にリボンを結ぶ。それに応えるならスカーフタイを髪に結ぶ。はぁぁ、なんて素敵でしょう」

ラルラ国のリシャ姫がうっとりしながら言った。

いつものメンバーであるサブリナとミミリーと一緒に、四人でお茶を嗜んでいる。

「労いの会から始まった流行ですわね」

ミミリーが返した。

魔獣暴走の件で奔走した者らを労うための会が先日開かれたのだ。

貴族に留まらず、多くの民らが参加した会で、さながらカロディアで開かれている芋煮会のように気軽なものだった。

「リボンを解こうとする王様の手を止めて、フェリア様自身でリボンを解き、王様の右手首に結ばれた。そして、王様は自身のスカーフタイを解き、フェリア様の髪に括られた」

リシャ姫の言葉に、フェリアは『恥ずかしいから、もうやめて』と言うが、リシャ姫の口は止まらない。

「次からの夜会では、仮面舞踏会ならぬリボン舞踏会でしたわね」

リシャ姫の視線を受けて、ミミリーが嬉しそうに頷く。

「私もジルハン様と交換しましたもの」

前回の夜会では、ミミリーのリボンはジルハンの右手首に結ばれ、ジルハンのスカーフタイはミミリーの髪に括られた。

私物の交換とは、乙女には心くすぐられるものだ。

「手順があるのですわね？　まずは、交換で縁談が設定されるとかなんとか？」

リシャ姫がミミリーに確認する。

「ええ、そうですわ。もちろん、交換だけで婚約は成立しませんの」

夜会での貴族の交流とはそういうものだ。手順というものが設定される。

「交流を重ね、クルクルスティックパンを互いに食む仲を目指すのです」

「その後の手順も素敵ですわね！　二対のサシェの刺繍図案を二人で考えて決めるなんて」

リシャ姫が嬉々として言った。

それは、マクロンとフェリアの婚姻式から芽吹いたものである。いや、クルクルスティックパンも同じだ。

フェリアは会話を耳にしながらも、平静を保つようにお茶を嗜む。

自身から始まった流行であることが、気恥ずかしいのだ。

「一番人気は『蝶に花』。騎士が相手なら『剣に鞘』、『鷹に止まり木』なんかも流行っていると耳にしましたわ！」

リシャ姫のボルテージが上がっていく。

「私はやっぱり……『魔獣と薬草』かしら」

キャッと両頰に手を当てながら、リシャ姫が言った。

「二対のサシェが準備できたら、『誓いの木』を決めますの。ダナンの習わしですわ」

ミミリーが王城背後の岩山を一瞥した。

ジルハンと婚姻するということは、世界樹が誓いの木になるのだ。

「『誓いの木』の前で宣誓するのです。……想像するだけで胸が高鳴りますわ」

ミミリーが目を閉じながら言った。きっと、想像しているのだろう。

リシャ姫に至っては、うっとりを通り越し鼻息が荒い。

「そして、花嫁は芋煮修業、花婿は寝具準備。はぁぁぁ、なんて素敵でしょう」

リシャ姫は完全に妄想の世界へと旅立ったようだ。

寝具事業とは、これまた新規事業であり、新たな種でもある。

「ところで、サブリナ」

ずっと俯いていたサブリナに、ミミリーが声をかける。

サブリナがビクンと体を反応させた。

「な、何よ!?」

サブリナの動揺は理解できる。

フェリアはそこでやっと口を開いた。

「あれは、天然、鈍感、センス皆無の三拍子揃った男のなせる業だと理解してあげて」

フェリアは慈愛に満ちた目を向けながら、ビンズをフォローした。

「な、何をおっしゃっているのです⁉　私には関係ない話でしてよ！」

ミミリーが残念な者を見るかのような視線をサブリナに向ける。

「リボンでなくハンカチでしたわね」

リシャ姫の言葉にサブリナの顔が紅潮する。

「直球のリボンが恥ずかしいからって、あれはないわ」

ミミリーが言った。

「な、何よ！　関係ないわ。私は借りていたハンカチを返したまでのこと」

サブリナは夜会で、ビンズの手首にリボンでなくハンカチを結んだのだ。

「返すのに、手首に結ぶの？」

ミミリーが冷静に突っ込んだ。

「っ！　だ、って、あれ、だから」

「どれだからよ？」

ミミリーの間髪（かんはつ）入れずの追及（ついきゅう）に、サブリナの目が泳ぐ。

「ミミリー」

フェリアはミミリーをたしなめた。

「ハンカチのお返しの捻（ひね）り冠（かんむり）もなかなか見物でしたわ！」

フェリアの気遣（きづか）い虚（むな）しく、空気を読めないリシャ姫が言った。

センス皆無のビンズは、手首のハンカチのお返しに、騎士が常備している三角巾を捻って輪にして、サブリナの頭に載せたのだ。

令嬢に触れてはならぬを体現したまで、とビンズは言った。

『本当は花冠の方が似合うと思いますが』とのキザな台詞も付け加えて。

全くもって罪な男である。

「あれは……あれよ、あれ」

「リシャ姫、少し落ち着いて」

フェリアは慌てて止めようとしたが、リシャ姫の口は開く。

「職人や工人の捻り手拭い巻きみたいでしたわ」

サブリナが最大限にガクーンと項垂れた。

誰もがあえて口にしなかった言葉だ。

「あ、ほら、あれは……天使の輪のようで銀髪のサブリナにはとっても似合っていたわ」

フェリアは必死に言葉を見繕った。

「……天使の輪は浮かんでいるものですわ」

サブリナが呟く。

「……」

誰も何も言えなかった。

「おーい！」

そこへ新たな人物が現れる。

「あの粗野は何用かしら？」

ミミリーが眉を寄せた。

「よ！　じゃなくて、皆様ご機嫌麗しゅう」

鍛冶職人に弟子入りしたエルネが、スカートも穿いていないのに、ズボンを摘まんで膝を折った。

女性騎士試験に落ちたエルネは、現在王城の鍛冶場で働いている。

ミタンニ復国のみならず、寝具事業の一環で刃物の需要が増えたからだ。

多毛草刈りの刃物関係をエルネが取り仕切っている。とはいえ、未熟者の弟子なので、寝具事業との連絡役として動いてもらっていた。

「王妃様、報告が遅くなってしまい申し訳ありません。多毛草刈り専用の鎌を、第二騎士隊に納めました」

「報告ありがとう。お茶でも飲んでいく？」

フェリアは、エルネをお茶に誘う。

「あ、いえいえ、薬草茶が必要なのは……」

エルネが小難しい顔つきで言い淀んだ。

「何？」

　フェリアは小首を傾げた。

「なんか、ビンズがおかしなものに中ったようで」

「え⁉」

　即座に反応し、立ち上がったのはサブリナだ。

「ビンズは大丈夫ですの？」

「それが……まだおかしいみたいだった」

「私、失礼致しますわ！」

　サブリナが足早で門扉に向かうが、ピタッと止まる。

「どちらで休んでおりますの？」

「中庭」

　エルネの返答を聞き、サブリナは出ていった。

「あいつ、とうとう頭をやられたみたいでさ。いきなり『花冠はどう作るんだ』って訊いてきたんだ。鍛錬のしすぎで、お花畑にでも逃避したかったのかな？」

　エルネの発言に、皆がニマ、ニマニマと頬を崩す。

「だいたい、私に『花冠』なんて作れないし、捻り手拭いを輪っかにして花でも差し込んでおけって言ったんだ」

ニマニマが残念に崩れ去る。

「そしたら、あいつさ。なんかサラサラ光る綺麗な布で輪っか作って悩み始めてさ。付き合ってらんないから置いてきた」

またニマニマが復活した。

サラサラ光る綺麗な布とはシルクのことだろう。

ビンズがサブリナのためにシルクのハンカチを購入したことが窺える。いや、中庭で真っ赤な顔をしたサブリナが花冠の作り方を教えている姿が想像できた。

「あなたの粗野も役に立つものね」

ミミリーがエルネを褒める。いや、褒めているのだろうか？

「そ、そうかな？　エヘヘ」

たぶん、なんのことだかわかっていないが、エルネはミミリーに役に立つと言われて嬉しそうだ。

「今度は花冠舞踏会ですわね」

ミミリーがシレッと言った。

「まあ、素敵！　シルクのハンカチと花冠なんて、おとぎ話みたいですわ」

リシャ姫が反応する。

ミミリーがフェリアを見つめる。

「リア姉様、お願いしますね」

フェリアは圧を受けて頷くほかなかった。

次の夜会ではシルクのハンカチと花冠を用意しておかねばならないようだ。

サブリナの名誉挽回なのか、ビンズの名誉挽回なのかわからないが、ミミリーのサブリナへのフォローなのだろう。

「なんだかんだ言って、ミミリーはサブリナが好きなのね」

「な、何をおっしゃっているのです！」

お茶会に笑顔が溢れたのだった。

そんな平穏なダナン王城は、夢のようなひととき……。

夢はいつか覚めるもの。ダナンに新たな難問が降りかかろうとしていた。

2 二つの難問

『草原の行商人南下希望。籍なし。魔獣沈静化するも、草原の情勢未だ混迷中。イザベラの出発しばし延期、もしくはアルファルドまでを希望』


エミリオからの伝鳥が飛来した。

マクロンは眉をひそめる。

「行商人……籍なしか」

「ミタンニより北の草原圏では、国籍なしの者が多く存在します。いえ、貴族以外は籍なしの文化圏だと」

マーカスが言った。

草原を取り囲むように国々があり、草原の中心にモディ国がある。

「草原で商いをしていた行商人は、旅の行商人となりましょう。国に属さず、貴族に属さず、……流浪の者とでも言いましょうか。その者らが南下してくる……」

マーカスの言葉が止まる。

「草原の情勢が不穏だからだ。モディは元々行商人の出入りが激しかったが、魔獣暴走が起こると、商団や行商人を軟禁していたと聞く」

マクロンは伝鳥の文を見ながら発した。

「モディにしてみれば、行商人の身の安全を確保していたのでしょう」

マーカスの言葉はもっともだ。

「それ以上に、商団や行商人の荷がモディには必要だったはずだ。魔獣の暴走中は、外からの物資の供給が止まるのだから」

マクロンはマーカスの言葉に続けた。

マーカスが頷いて口を開く。

「ダナンからの強烈な親書もあり、跡目争いが頓挫し、魔獣の暴走もミタンニを中心に、カルシュフォンやアルファルドの協力の下で沈静化しました。モディから早々に離れた商団は本陣がある地へ、行商人はミタンニへ……違う文化圏に逃げ込もうとしているのですね」

持参した沈静草とアルファルドから提供された沈静草で、ガロンとサムの指揮の下、カルシュフォンの加勢もあり、草原の魔獣暴走を沈静化したのだ。

遺恨のあるミタンニとカルシュフォンが連絡を取り合い、魔獣を退かせたことは、今後両国の新たな関係をスタートさせることになるだろう。

モディは、魔獣暴走の隙を狙った跡目争いをしていたため、沈静化されれば安穏と跡目争いなどできようはずもない。

行商人は混乱するモディから出ることはできたが、草原での商いは当面できない。商団のように本陣があるわけでなく、行商人が向かえる先はミタンニやカルシュフォンだけだ。

「ああ、そう考えて間違いはないだろう。ミタンニでは多くの行商人を抱えられない。それはカルシュフォンとて同じだ。入城早々、エミリオの苦心が窺える」

マクロンは小さくため息をついた。

「どう対処するか、フェリアと協議しよう」


その協議の前に、さらに頭を悩ませる知らせがマクロンに届く。

「……離縁だと?」

報告をするビンズの顔色も悪い。

「はい。ボロル国に嫁いでいましたソフィア貴人のご息女シルヴィア様が、離縁されたそうです」

シルヴィアは、ベルボルト領にソフィア貴人と共に下賜された公女である。先王の存命中に遠方の国ボロルに嫁いだ。先王が急逝する少し前のことだ。

マクロンとシルヴィアの年の差は七つ。つまり、フェリアと同い年である。エミリオ、ジルハンとは三つ差だ。

シルヴィアについての記憶は、彼女が四、五歳の頃で止まっている。ソフィア貴人と共にベルボルト領に下賜されたからだ。

それから、輿入れするため王城に来た時の姿は十五歳だったか。派手なソフィア貴人とは対照的に、印象の薄さが記憶にある。つまり、朧げな公女だった。

ジルハンからも、ベルボルトで数年は姉と一緒に過ごしていたと聞いている。シルヴィアに文字の読み書きを習ったと。

「なぜ、離縁されたのだ？」

マクロンは頭を抱えそうになるのを必死に堪え、ビンズに詳細な報告をと促す。

「それがなんとも……」

ビンズの歯切れが悪い。言いづらい内容のようだ。

「不義密通未遂とかなんとか」

「は？　……はあっ⁉　なんだと‼」

マクロンは完全に頭を抱えることになる。

「シルヴィア様が、『私の体は嫁ぎましたが、心は嫁いでいません』と宣い、『心にいるナイトとの逢瀬があったからこそ、この婚姻に耐えてこられました！』と、それはもう凄まじい言い合いの末、離縁を言い渡されたそうです」

マクロンはビンズから文を受け取り、内容を確認すると天を仰いだ。

「……不義密通『未遂』か。なるほど……いや、感心している場合ではないな」

「あちらが、王でなく幸いでした。……いえ、幸いなどと口にしてはいけないでしょうが」

シルヴィアは、当時側室が産んだ見目麗しい末の王子に嫁いだ。つい最近、ボロル先王が逝去し、嫡男が王位に就いたことから王弟に立場が変わっていた。

マクロンとフェリアの婚姻式に、シルヴィア夫妻を招待していたが、ボロル先王の逝去により欠席の連絡を受けていた。

元より、ボロルは遠方で容易に行き来できる国ではない。

ボロルはダナンより西方、西の端に位置する。

ボロルまでの行き方は二つ。セナーダから北上する遠回りと、西方に進む近道だ。

遠回りは、セナーダからアルファルドまで北上し、大河を迂回して南西へと下る。そこから山脈の麓に広がる魔獣の棲む樹海を横目に南下して、海を望める所まで行くとボロルへ入れる国境の町が現れる。

近道は、セナーダから西方に進み大河を渡る道筋になるが、浅瀬が多く川幅が広いときたものだから、年中座礁する船がある。

ダナンとボロルは、遠回りの馬車なら平均一カ月から二カ月を要するといったところだろう。

早急の連絡は、早馬を使って二、三週間ぐらいだ。

大河を渡る近道は十日。正確には、川の増水や渇水などで、渡し船の往来を待つことを考慮すれば、決まってこのくらいかかるとは言い難い。

離縁されたその足でシルヴィアがダナンを目指しボロルを出国したなら、馬車を使い大河を迂回しているはずだ。早急の連絡が届いた時差を鑑み、ダナンには一カ月後あたりには到着するかもしれない。

もしもまだボロルにいる場合は、離縁を言い渡されたシルヴィアの身の安全が確保されているのか疑わしい。

「すぐに迎えを出せ。……ボロルへの使者もだ」

マクロンは指示を出した。

「早急に手配します」

ビンズが踵を返す。

王城が慌ただしく動き出した。

マクロンは眉間にしわを寄せる。

「相手が王でないにしろ、国家間の問題になろうな。ボロルは……閉鎖的な国だと記憶している」

頭をガシガシと掻きながら、マクロンは言った。

「閉鎖的というよりも、鎖国に近いかと。国交が開かれているのは、国境付近の町だけだったはずです」

近衛隊長が答えた。

そんな国だからこそ、下賜された側室の娘あたりがちょうど良かったのだ。母国に強い権力を持たない、つまり後ろ盾からの横やりが入らない公女こそ、鎖国に近いボロルは望んでいたのだろう。

それはダナンも同じで、周辺国との均衡を保つため、公女らは近国との婚姻を避けてきたのだ。

「とりあえず、ソフィア貴人様に伝え、この件もまた、王妃様と協議なさってはいかがでしょうか？」

ソフィア貴人の存在をすっかり忘れていたマクロンに、近衛隊長が静かに進言したのだった。

笑顔が溢れたお茶会の後、フェリアはリシャ姫の出発を見送る。

「一旦、ラルラに戻った後、各国の書庫を巡り、魔獣図鑑の完成を目指しますわ」

リシャ姫が決意みなぎる表情で言った。

魔獣図鑑は、まだ編纂途中だ。ダナンの魔獣を集約したに過ぎない。

「魔獣の棲む国では、無理はしないでね。実物描写なんて危険だから」

「はい！　リカッロ様にも口酸っぱく言われておりますから」

「その通りよ。私たちが知らない危険な魔獣はたくさんいるみたいだから」

草原の魔獣のことを、フェリアはラファト王子から聞いている。

草原は、魔獣の起源の地だけあって、フェリアの知らない種もいた。

両親が、草原まで足を延ばしたのも頷ける。

「十分、気をつけますわ」

フェリアはリシャ姫を軽く抱擁する。

「また会える日を楽しみに」

「はい、必ず戻ってきますから」

フェリアは力強い返答に頷き、抱擁を解いてリシャ姫の体を反転させる。

「いってらっしゃい！」

そう背中を軽く押した。

「いってきます！」

リシャ姫は振り返ることなく、馬車に乗り込む。

フェリアは馬車が見えなくなるまで見送った。

「王妃様、王様が執務室にお呼びだそうです」

ゾッドがソッとフェリアに声をかける。

フェリアは、王城を見上げた。

「何か、あったのね」

王妃付きの文官が、忙しなく予定を組み替えている。

「そのようです」

フェリアは、お側騎士らと共に執務室に向かった。

フェリアはマクロンから何があったかを聞き、『あらまあ』と感嘆ともとれる返事をした。

「……フェリアはその程度のことと思うかもしれないが、『行商人の南下』も『妹シルヴイアの離縁』も存外に難問なのだぞ」

マクロンが腕組みしながら言った。

「おいしいですわね」

フェリアはフフフと笑う。

何やら怪しげな笑みを浮かべるフェリアに、マクロンは面食らう。

「何がおいしいのだ？」

フェリアはニヤリと口角を上げた。

「だって、寝具を売り歩いてくれる行商人が向こうからやってきてくれるのでしょ？」

マクロンの目が大きく見開かれる。

「草原の文化圏で培った行商の腕前を、ダナンで発揮してもらう……フフ、フフフフ」

フェリアの脳内には、すでに寝具事業の展開が描けているようだ。

マクロンがクククと笑う。

「盲点だった。確かに寝具事業に旅の行商人をあてれば、急場はしのげるだろう」

「いいえ、それだけに終わりませんわ。ダナン国内に留まらず、後々は、親交国への行商も視野に入れられます！　急場どころか、旅の行商人は規模を大きくでき商団にもなり得ます。そのような展望を南下してくる者らに伝えれば、俄然やる気が出ましょう。私の目標はダナンに眠る種を育てること。芋煮事業、寝具事業、もっと多くの事業を展開させるには、売り歩いてくれる者が必要ですから」

マクロンがアハハハと笑い出す。

「我が妃(きさき)は商いにも長(た)けているとは」

フェリアは笑った目で唇(くちびる)を尖(とが)らせた。

「エミリオに、行商人南下を受け入れると知らせを出そう」

「大勢押し寄せては困るので、まずは十名ほどからが良(よ)いですわ。その後は、受け入れ態勢ができてから、その都度南下をしてもらいましょう」

マクロンが頷く。

「よし、行商人の問題は一応決着として、残る難問はシル」

そこで、執務室前が騒(さわ)がしくなる。

『止めるでない！　止めるでないぇ！』

『落ち着いてください、貴人！　ヴィー姉上にも話を聞かないと！』

『ジルハン様！　そのように大声を出すと心臓に負担が！』

聞こえる声からして、荒(あら)くれるソフィア貴人を必死に止めようとするジルハンと、ジルハンを気遣(きづか)うミミリーである。

マクロンとフェリアは顔を見合わせて、苦笑いした。

マクロンが、執務室の扉(とびら)を開けるように、扉番の近衛騎士に促した。

扉が開くや否や三人がなだれ込んでくる。

「早ぉ、ボロルに攻め込みまし、王様！」

「は？」

いきなりの問題発言に、マクロンは口をポカンと開く。

「ダナンの公女に対し、離縁を言い渡したのじゃ！　これは宣戦布告ぇぇぇ！」

ソフィア貴人の荒ぶる叫び声に、フェリアは思わず耳を塞ぐ。

「落ち着いてくださいい、貴人。ヴィー姉上が後先考えず離縁されるようなことをするとは思いません。きっと、何かご事情があるのでしょう。ご帰国を待ちませんか？」

ジルハンがありったけの言葉で、ソフィア貴人を言いなだめている。

少しばかり息が上がったのか、胸を押さえた。

「ジルハン様！」

ミミリーが素早くジルハンの体を労る。

ソフィア貴人もハッとして、ジルハンの背中を擦った。

「す、すまぬぇ」

「ソファに座れ！」

マクロンが慌てて言った。

フェリアはすぐにジルハンをソファに促し、脈を取る。

「だ、大丈夫です……姉上」

ジルハンが大きく深呼吸した。

ソフィア貴人とミミリーが心配そうに見つめている。

「シルヴィアの離縁に関しては、急ぎの知らせが入ったばかりだ。今後の動向を確認するため、すでに使者と騎士を出した。ジルハンも言ったように、シルヴィアの安全な帰国が最優先になる。貴人、良いな？」

これ以上騒ぐなと、マクロンがソフィア貴人をたしなめたのだ。

ソフィア貴人がコクコクと頷く。

「取り乱してしまったぇ。ジルハン、すまぬ、すまぬな。私のせいで心臓に負担を強いてしまったぇ」

「貴人、何をおっしゃいますか。貴人を止めるまでの体力がついてきた証拠です。次は、貴人を一喝して止められるような声量を鍛錬しなくては」

ジルハンの健気さに、ソフィア貴人が大いに項垂れた。

「ガロン兄さん、いえ、ガロン薬事官に一応診てもらいましょう。マクロン様、私たちは王妃塔へ」

「いえ、兄上、姉上はこちらで政務を続けてください。私は歩けますから」

ジルハンが立ち上がろうとする。

「ジルハン、私はフェリアとの逢瀬を楽しもうとしているのだぞ、邪魔をするな」

マクロンが、ジルハンの頭をガシガシと撫でた。

ジルハンの顔が明るくなる。

「では、私がここで可能な執務を代行しておきます！」

「こら、無理をするな」

マクロンが笑った。

「王妃塔でなく、久しぶりに温室に行こう、フェリア」

二人は、執務室を後にした。


温室のティーテーブルで二人はひと息つく。

「さて、シルヴィアの離縁だが」

「国家間の問題になる可能性があるのですね？」

フェリアはマクロンに確認した。

「ああ、どちらが有責かで、慰謝料が発生するかもしれない。単なる離縁で収まればいいのだが」

「不義密通『未遂』……微妙ですわね」

「まあな。実際に相手が存在する不義密通未遂でなく、心の中で妄想したナイトとの不義密通『未遂』……微妙だな」

　マクロンとフェリアは、また顔を見合わせて苦笑する。

「どう対処するのが望ましいかだ」

「ソフィア貴人をボロルに攻め込ませましたら？」

　フェリアは肩を竦めた。

「おいおい、それこそ問題になろう」

「では、もう一人追加で。フーガ伯爵夫人キャロラインと一緒なら」

「大問題に発展するぞ」

「ですわね」

　とまあ、二人は軽妙に続けた後、一拍間を置いた。

「妹君に随行した者は何人ですの？」

　今回の知らせは、シルヴィアの輿入れ時に随行した者から急ぎで入ったものだ。

「侍女三名だ。ボロルからの指定人数だったと記憶している」

「私が言うのもなんですが、少ないですね。それで、ナイト……妹君を護る騎士の随行はなかったのですか？」

　一国の姫の輿入れとなれば、護衛騎士も随行するものだ。前王妃であるマクロンの母も、ミタンニの忠臣騎士ダルシュを随行してきている。

「ああ、確かそれもボロルが断っている。もしや、輿入れ時の騎士の随行が許可されなかったことに対して、八年も経って不満を口にしたとでも？」

マクロンが呆れたように口にする。

「唯一、有責を訴えられる事項だったのかもしれませんわ。妹君は、ジルハンの言うように、何か事情を抱えているのかもしれません」

「事情か……ボロルの内情を探るには」

「間者ですわね」

マクロンとフェリアはそこで同じ人物の顔が浮かんだ。

「ペレに行ってもらうか。ハンスを大人しくカロディアに向かわせるために同行させたが、送り届けた後王城に戻っても、姿をさらせないのだからな」

「ですわね。では、ハンスとペレがカロディアに着く頃に合わせて伝鳥を飛ばしましょう」

そこで、マクロンがフゥと息を吐き出す。

「どちらにしても、シルヴィアは離縁された身。ダナンに戻ってこよう。……ボロルがシルヴィアを捕らえていなければだが」

だからこそ、使者と迎えの騎士を出したのだ。

「まずは、妹君の身の安全。それから、事情を聞きさらに対処を考える他ありませんわね」

「全く……やっと平穏な日々が続いていたというのに」

マクロンがフェリアの髪に指を通す。

フェリアは、少しばかり甘い雰囲気を醸し出し始めたマクロンに気恥ずかしさを感じ、身を捩った。

「あ、あのですね」

「ん？」

フェリアは雰囲気に呑まれまいと、お茶会の話をした。

それでも、マクロンの指は必死に話をするフェリアの髪を巻き付けて遊んでいる。

「で、ですから！」

「今度の夜会ではシルクのハンカチと花冠か」

マクロンの指が、髪から耳たぶへと動く。

フェリアはますます身を捩らせる。

「ビンズめ、あの鈍感男をどうにかせねばな」

「サブリナの騎士は天然ですわね」

耳たぶを堪能した指が、首筋へと流れる。

「マ、クロン様？」

マクロンがクッと笑う。

「マ・クローンではないぞ」

指先がフェリアの顎をソッと押し上げた。

軽く唇が触れる。

それ以上の甘さを堪能しようとしたマクロンだったが、温室の外から凄まじい気配を感じた。

恐ろしい笑みを浮かべたビンズである。

「……フェリア、続きは夜に。空気を読まない天然鈍感男のお出ましだ」

バターン

温室の扉が勢いよく開く。

「お二人とも！　政務が、びっちり、きっかり、ちゃっかり、山のごとくあることをお忘れのようで！」

「お前の頭の中は、鈍感、天然、鈍感、天然とたらしの川が流れておろうが！」

マクロンが立ち上がり、ビンズにひと蹴り入れた。

「はぁ？　何をおっしゃっておいでです⁉　私の頭の中は、本日の政務の流れしか入っておりません！」

ワチャワチャしながら温室を出る二人を、フェリアは楽しげに見送ったのだった。

さて、朧げな公女だったシルヴィアがダナンに戻ってきた。

急ぎの連絡後一カ月強経ってからの帰国となった。マクロンの予想通り、すでにボロルを出国し、途中まで進んでいたのだ。

輿入れ時に随行した侍女が三人いたはずなのに、たった一人の侍女だけがお供だったというから、使者と騎士らは冷や汗をかいたようだ。

侍女三人のうち戻ってこなかった二人は、前女官長サリーの人選である。ソフィア貴人に対し悪感情を抱いていたため、忠義心の薄い侍女を選出したのだろう。

残る一人は、ソフィア貴人がベルボルト領内で選んだ侍女で、今もシルヴィアに付き従っていたわけだ。

アルファルドでシルヴィアと合流した後、使者はボロルへ、騎士はシルヴィアと侍女を警護してダナンに戻ってきた。

長旅で二人とも疲れているようで、頬が少しばかりやつれている。

シルヴィアは、マクロンと同じような濃い灰色の髪だが、艶めきは失っていた。

離縁と長旅という状況と相まって朧げがさらに進み幸薄そうに変貌していた。

フェリアは目の前でさめざめと泣くシルヴィアに『あらまあ』と、感嘆ともとれる言葉を発した。

隣（となり）でマクロンが苦笑した。王間で、主だった者全員でシルヴィアを迎えているのだ。

「最初は、ミミズ箱でしたわ、シクシク」

細く力ない声だが妙（みょう）に通る。

フェリアは同席するミミリーを一瞥（いちべつ）した。

ミミリーの目が泳いでいる。

「それから……首の折れた鶏（にわとり）の死骸（しがい）、ウッウウウッ」

いわゆる洗礼を受けたのだろう。

「見目麗しい最愛の王子を、どこぞの馬の骨とも知れぬ私に取られたのが、よっぽど腹が立ったのでしょうね。ヒックヒック」

鎖国に近い閉鎖的な国に輿入れする公女の苦悩（くのう）だろう。

「飲み物にぞうきんの絞（しぼ）り汁（じる）を入れられたり……怪しげな薬なんかも、体に良いからと勧（すす）められたり……ヴッ、喉（のど）を通ったあの感じを思い出すだけでも、咳（せ）き込んでしまいます」

シルヴィアが、手を口元に当てて苦しそうにしている。

フェリアは同席するサブリナを一瞥した。

完全に項垂れている。

ミミリーもサブリナも自身の行いを客観視できた反応だ。

「さらには、華のない私に絶対似合わない衣装を身につけさせ、ボロルの伝統的衣装だからと！　夜会でとんだ恥を掻きましたの。アアアァァァ」

フェリアはソフィア貴人と目が合った。

流石、ソフィア貴人、動揺を見事に隠しているが、自身の派手な衣装を両手でギュッと押さえている。

「見目麗しい王子との婚姻だったから、多くの令嬢の標的になってしまったのだな」

マクロンがシルヴィアに声をかけた。

「は？」

シルヴィアがマクロンに鋭い視線を投げる。

「違いますわ！　全部、全部、ぜーんぶっ！　義母上様の仕業です‼」

それはもう、ありったけの声量で吐き出された。

フェリアは、耳を塞ぐ。

どうやら、ここぞという時の声量は母親譲りらしい。

「見目麗しい最愛の一人息子の嫁だからですわ！」

母親が一人息子を溺愛するのは往々にしてあるものだ。それも、王族なら格別だろう。

「つまり、王子の……今は王弟の母親である姑から、そのような嫁いびりを受けた

と？」

「ええ、そうなのです。輿入れ三年、成婚五年、そう……八年もの間、嫁いびりがない日などありませんでしたわ」

　本来は、輿入れ期間が三年と長いことはないのだが、父であるダナン先王の急逝で成婚が延期されたのだ。

「成婚後も？　……まさかと思うが、姑と同居だったのか？」

　マクロンが首を傾げながら問う。

　王太子でない末王子ならば、成婚すれば臣下に下り王城を退くはずだ。王の側室である姑がくっついてくるはずはない。

「『僕のママンは優しいから、色々と教わりなさい』と輿入れ期間の王城では隣室。成婚後も夫婦の屋敷に居付き、屋敷の采配もずっと『ママン』でしたの！」

「マ、ママン？」

　フェリアは思わず気味の悪い言葉に反応する。

　シルヴィアがフェリアを上目遣いに見つめる。

「ご挨拶が遅れましたわ、『姉上様』。私、ダナン先王の側室……いいえ、双頭の悪魔『派手と素っ頓狂』の派手の方である第一側室が娘シルヴィアと申します」

　シルヴィアがソフィア貴人をチラリと見た。

ソフィア貴人がなぜかキメ顔で胸を張っている。

二人以外は、グッと腹に力を入れて堪えた。

「私はフェリア。ダナン王妃でなく、『姉上』と慕ってくれて嬉しいわ」

「姉上様！」

シルヴィアがフェリアを拝む。

「姉上様のご高名はボロルにも届いておりましたわ！　ですから、少し前から私も勇気を振り絞り、遅ればせながら反撃に転じたのです。目には目を、歯には歯を、ミミズにはミミズクを、死骸には活きの良い鶏を放ち、怪しげな薬のお返しにと、カロディアからだと言って、美容品三点セットの『空』をお返しした時は爽快でしたわ」

「そ、そう」

フェリアは若干引いた。

カロディアの美容品三点セットは、今やどこの国の夫人らも喉から手が出るほど欲しい品である。

その『空』を贈るなど、なんと秀逸だろうか。姑が『キィィイ』とハンカチを噛む姿が思い浮かべられた。

「それから、場違いな衣装のお返しは、透け透けランジェリーを。添えたカードには、『義母上様の冥土の土産に』と。『きっと、お空の義父上様（先王様）に喜ばれますわ』に加えて『早く会えますことを切に願っております』と丁寧な字で記しましたの」

凄まじい反撃をかましたようだ。

皆、褒めていいのか、笑っていいのか、はたまた諫めるべきかと表情が戸惑っている。

「あー、それで……夫である王弟はお前を庇わなかったのか？」

マクロンが均衡を破った。

「『僕のママンは良かれと思ってやったこと、悪気はないのだよ』だそうです」

フェリアは悪寒が走った。

「曰く、『ミミズは、大国ダナンの公女の君は虫に耐性がないだろうと、ママンが慣れさせようとした』そうです。曰く、『首折れ鶏は、夕食に出される鶏を美味しく食べるために、ママンが命の尊さに感謝を込めて贈ったのだ』とか。曰く、『ぞうきんの絞り汁は、ママンが王子と結ばれた公女を毒殺しようとする者が現れるかもしれないと、口にした瞬間に気づかせる訓練だ』と。い、わ、く！　『怪しげな薬は、霊験あらたかな樹海から授かった湧き水で、優しいママンの心遣いだ』ですって！」

フェリアは鳥肌が立った。ママン恐るべしである。

「私の訴えは、ことごとく『僕のママンは良かれと思ってやったこと、悪気はないのだよ』で返されましたわ」

シルヴィアが大きく息を吐き出す。

「気晴らしにと、外を出歩くこともできませんでしたわ。……ナイトがいなかったので」

「待て、護衛の騎士はつかなかったのか？」

マクロンがすかさず問うた。

シルヴィアがコクンと頷く。だが、首を横に小刻みに振りながら口を開く。

「ダナンから随行がなかったので、もちろん、ボロルで雇うつもりでしたわ！　ですが、義母上様の妨害に遭い……」

シルヴィアがスカートをギュッと握り締めた。

マクロンから少しばかり怒気が溢れ出す。

流石に、シルヴィアの状況は異常だ。完全に外を出歩けないようにしていたのだから。

「……だから、心にナイトを育てたと？」

シルヴィアの体がそこで一瞬止まった。

「ナイト……ナイトは……心？」

シルヴィアがブツブツ言いながら床を見つめる。

「違うのです、違うわ……。ナイトは……ナイトは居ますの。私は、嫁ぐ際に護衛騎士を切望しましたもの……。父上もそのつもりだったのに。なのに……私を守り抜く騎士はいなかった……あれ？　違うわ、違うのです。ナイト……ナイトは」

何やら、雰囲気が変わったシルヴィアを皆が固唾を呑んで見守っている。

そこで、シルヴィアの顔が上がる。さっきまでの表情と違うのは、見て明らかだった。まさに豹変と言っていいだろう。

幸薄そうな表情はいっさい消えて、目が大きく開き嬉々としていた。

「ウフフフフ、私ったらおかしくなっていましたわ。ナイトはほら、ここに」

シルヴィアの純真無垢な瞳が見つめる先に……人は存在しない。

「ヴィー姉上！」

ジルハンがシルヴィアの変貌に声を上げ、駆け寄る。

ソフィア貴人もシルヴィアの傍に駆け寄った。

シルヴィアがハッとする。

ソフィア貴人に顔を向け、強い視線を放った。

「王城に居た幼い頃、母上の『お側役』がいつも私を見守っておりましたわ！　それはお姫様に仕えるナイトのように。その方は平民でありながら、母上が後ろ盾となり、王城で『雑用係』をしておりました」

マクロンとフェリアはこの展開に心がざわついた。

それは、シルヴィアの言葉を真っ向から受けたソフィア貴人も同様だ。

「母上の『お側役』だったビン」

「シルヴィアァァァ！　お前は今心が病んでいるのじゃぁぁぁ。落ち着け、落ち着くのじやぁぁぁ」

「母上が一番落ち着いておりませんわ！　私のナイトはビンズよ!!」

シルヴィアが言い放ってしまった。

王間はシーンと静まり返る。

「ナイト、ビンズはどこ？　ナイトと一緒に敵を倒して見知らぬ地で幸せを掴むの。そんな望みを抱くのは罪かしら？　だって、そうでも思わないとやっていけなかった。現実とはほど遠い夢のようなひと時を心で育てながら、ぞうきんの絞り汁を飲んでいたのよ!!」

言葉はなんともチグハグで、シルヴィアが心を壊しているかに思えた。

フェリアは、名指しされた当人であるビンズに、否、サブリナに視線を移す。

サブリナの表情は能面のように整いすぎていた。

ビンズは、シルヴィアをただ見つめている。

「フ、フフフフフ、アハ、アハハハハ……『ママンの心遣いを悪意と取って姑いびりをするなんて、君の心は汚れている』ですって！　アーハハハハ、誰も守ってくれなくて、心の中だけでは幸せな私だったのに、それを旦那様は『汚れている』と宣ったの。だから、言ってやったのよ。『私の体は嫁ぎましたが、心は嫁いでいません』ってね。『心にいるナイトとの逢瀬があったからこそ、この婚姻に耐えてきました！』と。そしたら、これよ」

シルヴィアがドレスの袖口から紙を取り出す。

ヒラヒラと嬉しげに振っているのは、離縁状だろう。

この時点で、シルヴィアの痛ましさに皆が押し黙って見ているだけだった。

「私の八年の結晶が、こ、れ、よ……」

シルヴィアの顔から生気が消えていく。

力を失ったかのように、ダランと腕が下がり、その手から離縁状がゆっくりと床に落ちていった。

それはまるで、操り人形の糸がプツンと切れたような、そんな異様さを醸し出していた。

「シルヴィア様！」

控えていた唯一の侍女が悲鳴のように叫び、ボロボロと涙を流して駆け寄っていく。

ソフィア貴人もジルハンも、涙を流しシルヴィアを抱き締めていた。

そこからは、シルヴィアが受け答えのできない状態となり、面会は続行不能となる。

フェリアは、そこでお腹にグッと力を込めて口を開く。

「マクロン様、お願いが……ビンズ率いる第二騎士隊を離宮に配備し、ソフィア貴人と共に、シルヴィアを送りたく思います。シルヴィアには休養が必要ですわ」

フェリアはマクロンに願い出たが、視線はビンズとその横に立つサブリナへと向いている。

サブリナはしっかりフェリアを見つめ、その表情に変化はない。

だが、いっさいビンズの方へ顔を向けなかった。

マクロンも、ビンズとサブリナに視線を移した。

ビンズもまた表情は変わっていない。事の次第をただ眺めており、まさに騎士らしく控えていた。マクロンの命令を待つように。

マクロンが口を開きかけた時、ジルハンが願い出る。

「そ、それなら、私も！」

フェリアは頷いて応えた。

「ガロン薬事官の診察をちゃんと受けて、丸薬も持参するのよ」

フェリアの言葉にジルハンが頷き、マクロンが口を開く。

「……いいだろう。ビンズ」

「はっ、かしこまりました」

ソフィア貴人とジルハンに支えられながら、シルヴィアと侍女が出ていく。ジルハンの婚約者であるミミリーもそれに続いた。

そして、ビンズが背後に回ろうと動いた時、シルヴィアから小さな声が出る。

「ビン、ズ……？」

シルヴィアがビンズを瞳に捉えた。

「はい、ここに……シルお姫様」

それは、きっとシルヴィアが四、五歳、そしてビンズがソフィア貴人の『お側役』として王城勤めに上がった時の呼び名なのだろう。

「あとで、隠れんぼしようね、ビンズ親分」

シルヴィアの顔が華やいだ。

「お姫様が、親分なんて呼んではいけません」

ビンズがシルヴィアの会話に合わせた。幼い頃のそれに。

「じゃあ、私を守るナイトね」

シルヴィアの発言は、とてつもなく痛ましかった。

王城は平穏を保っていた。

静かに、それはもう静かに時が流れる。

この静けさに続くものは嵐だろう。

「嵐の前の静けさ」

フェリアは呟いた。

シルヴィアが帰国して三週間が過ぎた。

すでに、使者はボロルに到着し、あちらの言い分を耳にしていることだろう。ダナンへ引き返しているはずだ。

「どんなことをボロルは言ってくるか……いえ、マクロン様は、ダナンはどう対処するか……」

フェリアが思案していると、お側騎士のゾッドが声かけをした。

「王妃様、行商人との面会の時間が迫っていますが」

ミタンニ王エミリオから連絡が来ていた行商人らの第一陣が、すでにダナンに到着していたのだ。

予定が組まれるまで、王都の宿屋で待機してもらっていた。

第一陣は、エミリオの選りすぐりによって、先行した行商人らである。

草原の文化圏から、行商人に紛れて盗賊などが入り込む可能性もある。新天地を求め、行商人のふりをしてこちらの文化圏に入国を果たし、姿をくらまそうとする者もいるだろう。

そのため、エミリオが確実に大丈夫だとお墨付きを与えた十名の入国となった。

「王妃宮6番邸に案内してくれた？」

6番邸は別名タロ芋邸と呼ばれている。タロ芋の栽培をしている邸だからだ。妃選び中に、フェリアが31番邸以外に初めて開墾した邸でもある。

ってている。

この6番邸、タロ芋栽培の他に、干し草ベッドの休憩所や、傷に効果のあるタロ芋の乾燥葉を使った湯殿、湯浴み後に寛げるお休み処があり、薬草茶を淹れられるようにもなっている。

つまりは、生傷疲労が絶えない騎士の溜まり場、老臣らの寛ぎ場、女官や侍女、係の者らのお茶の場、新米侍女の薬草茶淹れの練習場にもなっているのだ。

「はい、ご指示通りに。面会の時間になろうとしていますが、ずいぶんと寛がれているようですよ」

ゾッドがニッと笑っている。

行商人らは長旅で疲れていることだろう。モディの横暴から逃げ、ミタンニでなんとか口利きしてもらい、緊張の糸を切らさずダナンにやってきた。

薬草湯に浸かり、薬草茶を飲み、多毛草の寝具に寝転べばどうなるか。

「ゆっくり寝かせてあげましょう。面会は、ひと眠り後でも構わないもの」

「王妃様は、やっぱり策略家ですね」

「ウフフ、実際に体感してもらえれば説明は不要でしょ?」

体感してもらいたいこと、それは新たな事業のことだ。寝具事業もそれに含まれている。

その新規事業とは、王都の芋煮レストランを6番邸のような仕様にすることである。

芋煮レストランは『癒やし処』として再出発するのだ。

宿泊なしにすることで、王都の宿屋に脅威とならないように配慮した。

「行商人らが目覚めたら、芋煮を振る舞ってあげて。それから、お土産に好きな香りのサシェを選んでもらってね。希望を訊いて、針子に刺繍を入れさせるのも忘れずに。最後に」

「目が覚めるお茶ですね」

ゾッドがイタズラ顔で言った。

「ええ、その後に面会すれば、きっと心も体も頭もスッキリで話が進むはずよ」

フェリアはウーンと体を伸ばして、内心で離宮のシルヴィアに思いを馳せる。

『平民の私は王子様に憧れた。お姫様はナイトに憧れる。そんなところかしら？』

フェリアが離宮のシルヴィアのことで動くのは、あと少し先だ。

『シルヴィア専用のお茶を用意しなきゃ。シルヴィアは……診た感じ……』

コンコン

『サブリナ様がお見えになりました』

扉番の騎士がサブリナの来訪を告げた。

フェリアは心の呟きを収める。

「入ってもらって」

サブリナが王妃の執務室に入ってきた。

「王妃様、行商人らとの面会の時間だと伺っておりましたが」

サブリナは、シルヴィアとの面会の日から、フェリアをお姉様呼びしなくなった。

フェリアは、そのあたりを追及しない。

サブリナの日常からビンズがスッポリ抜けたが、それも話題にはしなかった。

「ウフフ、作戦通り寛いでいるみたいなの。だから、面会は起きてからになりそうよ。それでね」

「オホホ、私は、今日も王妃宮に泊まれるのですね？」

サブリナがフェリアの言葉の先を答えるように言った。

面会が遅くなれば、新規事業を担当しているサブリナも夕刻過ぎまで王城に留まることになる。夜になって帰宅させるわけにはいかない。

サブリナは、それどころか、最近ずっと王城に泊まり込みをしている。

ビンズが離宮に行き、荷屋敷にいないからだ。

本当なら、サブリナを守るようにゲーテ公爵と約束したのはビンズだ。サブリナの騎士は、屋敷にいない。その現実から逃げるように、王城に泊まり込んでいるのだろう。

いつもは、そのあたりをからかうはずのミミリーも、ジルハンと共に離宮に行ってしまった。リシャ姫も出国した。

サブリナの周りには誰もいなくなってしまったのだ。

否、フェリアがいる。フェリアは新規事業に打ち込むサブリナを見守っている。

お姉様呼びされなくなったのは少し寂しいが、サブリナの心情は痛いほどわかる。

シルヴィアがフェリアを『姉上』と呼んだ。同じ言葉でフェリアを呼びたくないのだろう。

いや、お姉様呼びすることで、シルヴィアのことが頭に浮かぶ。ビンズが自身の傍から離れたことも同時に思い知らされるのだ。

それを指示したのはフェリアである。サブリナは、自身の心を堰き止めているのだろう。

『フィーお姉様はなんでビンズを離宮にやったの！』、フェリアを姉と呼んだら、そんな言葉が溢れ出てしまうかもしれないと。

だから、フェリアは追及しない。

親愛なる姉でなく、王妃と臣下として、つまりは、王妃の右腕としてサブリナが矜持を保ちここにいるのだから。

あの整った顔こそ、サブリナの芯だったのだ。

そして、ビンズも騎士として控えていた。エルネの時のように、騎士の本分を忘れることなく、マクロンの命令を待っていただけだ。

「この時間は、サブリナとの打ち合わせにするわ」

「はい、あのことですね？」

サブリナがそこで背筋を伸ばした。

「『癒やし処』の手土産にするサシェの中身ですが」

サブリナが小さく息を漏らす。

「イザーズ領の薬華を推奨したく思います」

イザーズは25番目の元妃家の所領だ。

「それから、サシェの刺繍ですが件の針子らにさせたいと。どうか、ご了承くださいませ」

件の針子とは、18番目の元妃家に雇われていた針子のことである。フーガ領の幽閉島に軟禁され、危険なサシェを作らされていた。

「了承するわ」

サブリナがホッと息を吐くが、眉尻を下げてフェリアを窺った。

「本当によろしいので？　王妃様を陥れようとした元妃家に救いの手を差し伸べるようなものですが……その手に救われた私が言うのは説得力がありませんね」

サブリナが自嘲する。

「王妃だもの、私の手はダナンの民を救うためにあるの。誰かの首を絞めるためにあるのではないわ。前にも言ったじゃない。傍観者が一番嫌い。刃向かう者の方が『気概』や『知略』がある証拠よ。それをダナンのために手に入れないなんて、それこそ愚策だわ。

だから、サブリナが欲しかった。ミミリーが欲しかった。欲しい者だらけだわ」

サブリナがフェリアの言いように笑みを浮かべた。

「確かに、セナーダ政変を唆したアルファルド王弟バロン公もですし、ククの丸薬をせっせと作っているセナーダ王兄も、それから、セルゲイ男爵だって、その娘キャサリンも」

「そんなにあげつらわなくていいわよ」

フェリアはもうやめてと手を振るが、サブリナが続ける。

「南下してきた行商人さえ取り入れようとしていますしね」

フェリアとサブリナは顔を見合わせ、フッと笑い合った。

「サブリナ、今日も二人で新規事業について語り合って寝ましょうね」

「私、王様に相当嫌われますわ。王妃様の横を奪っているのですから」

サブリナが王城に泊まり込みをするようになってから、フェリアは一緒にいるようにしている。

マクロンもそれを了承したが、きっと内心拗ねていそうだ。

「王妃様、サブリナ様、行商人らが目を覚ましたので、例のお茶を出しました」

侍女のケイトが報告しにきた。

フェリアとサブリナは立ち上がり、行商人らとの面会へ向かうのだった。

「ゆっくりできまして？」

フェリアは、若干焦(あせ)っている行商人らに穏(おだ)やかに微笑(ほほえ)んで言った。

フェリアの横にはサブリナも控えている。

「も、申し訳ありません。あまりの心地良(ここちよ)さに、瞼(まぶた)が落ちてしまいまして」

ペコペコと頭を下げる行商人らに、フェリアはクスッと笑った。

「謝らなくて結構よ。こちらこそ、ごめんなさいね。皆をひと眠りさせようと画策した結果なのだから」

行商人らの目が大きく見開く。

「ダナンがこれから行う新規事業を体感してもらいたかったのよ」

そこで、サブリナが『癒やし処』の展望を説明した。

「……という事業を展開致(いた)しますの。それで、皆様(みなさま)にはこの事業に参加してもらいたいのですわ」

サブリナの説明が終わると、行商人らが顔を見合わせた。

「そ、れは、なんというか……我々にとって都合が、良すぎるというか……」

「信用がおけないかしら？」

フェリアは行商人らの心情を代弁した。

「うまい話には裏があると、警戒しているのね。流石、広大な草原で場数を踏んでいるだけはあるわ。安易にうまい話に飛びつかないなんて」

行商人らが首を竦めながら苦笑いした。

「では、こう考えてもらいましょうか。新規参入者が、既存の商いを奪ってしまったら何が起こるのかと」

行商人らの表情が一変する。

「草原の文化圏から、こちらの文化圏へ多くの行商人が来れば、商いの場を荒らすことになる。あなた方の商いが成功すればするほど、つまり、既存の商いの取引があなた方に奪われれば奪われるほど、あなた方への風当たりが強くなる」

マクロンが難問だと言った理由だ。

極わずかな行商人ならいざ知らず、広大な草原から多くの行商人が流れてくればどうなるか。

「うまい話には裏がある。その通りよ。あなた方に、既存の商いの場に参入してほしくないの。軋轢しか生まれないから。こちらとしてみれば、商いの場を荒らされず新規事業を展開できる。あなた方からすれば、新参者への反発や軋轢もなく商いができる。これは、双方にとってうまい話だと思わない？」

「ですが、新規事業に新顔を使うことへ、それこそ既存の者が反発致しませんか？」

話の細部まで詰めてくる優秀な行商人のようだ。

「新規事業は賭けのようなもの。中るかどうか……成功するかどうかわからない事業だからと説明し、既存の者には成功をもってして事業拡大時に参加してもらうわ」

「なるほど、我らは……使い捨てにされるということですな。成功したら、その場を追われる。失敗してもその場はなくなる」

　行商人らの頭の回転の速さに、フェリアは好戦的に笑った。

　この交渉が楽しいのだ。それは、行商人らも同じようで、互いに舌戦を繰り広げている。

「使い捨てよ、当たり前じゃない。だって、あなた方は草原で『当面』行商ができないから、下ってきたのでしょ？　草原が安定したら戻るかもしれない者だわ。引き継ぐ者を決めておくのは当然ではなくて？」

「そうきましたか。ですが、今の返答は成功を前提とした使い捨てになりましょう。我らも草原を言われてしまえば是と答えるしかありませんが、失敗の方の返答もいただきたいところです」

　フェリアは、ワクワクが止まらない。

「その返答は、ご自身が答えられるのではなくて？　『寝落ちする』ほど、体感済みでしょ」

フェリアは澄まして言い切った。

この言葉を発するがために、行商人らに6番邸を体感してもらっていたのだから。

目利きの行商人が『寝落ちした』。行商人自身で成功を証明したようなものだ。自ら成功に落ちたのに、失敗を前提とした話などできようものか。

「……確かに、この新規事業に全身が落ちてしまいましたな」

ここでやっと、行商人の返答に間が空いた。

「すでに、事業はあなた方がその身をもって成功を証明したわ。その上で、もし失敗があるなら、あなた方に商いの腕がないことを証明することになるかもね」

「……つまり、草原の広大な交易圏で培った我らの力を見せてみろと仰せで？」

フェリアはニッと笑い、書類をテーブルに置いた。

その書類を見て、行商人らが絶句する。

「足りないかしら？」

フェリアは問うた。

「め、滅相もありません！　取り分が半分とは……」

まだ信じられないとばかりに、契約書を行商人らは見つめていた。

「これは拝観料ね」

「なるほど、見せてみろ……ではなく、お手並み拝見ということですかな？」

成功したら、手を引かねばならぬ条件をフェリアは明示したのだ。

収益の半分が取り分となる商いを、草原が安定するまでの場繋ぎの商い程度の心づもりで行うことはないだろう。この事業に失敗などしたら、それこそ行商人としての面目丸つぶれだ。

「失敗を前提とできまして？」

「いいえ」

行商人らは即答した。

フェリアは満足げに頷き、最後の一手を披露する。

「大きな益を出し、商団となって草原に戻れるわ。本陣をダナンに置くことも許可しましょう。この甘い罠に嵌まってみる気はありまして？」

「はい、王妃様。我ら行商人は王妃様の罠に嵌まったことを誇りに思います。ここに、王妃様の新規事業への参加を表明致します。旅の行商人である私どもへの過分なるご配慮に感謝します」

行商人らが、背筋を伸ばして深々と頭を下げた。

今後、南下してくる行商人らは、この十名が取り仕切って事業を展開させることになる。

「あなた方の活躍に期待します」

「はい。ご期待に応えられるように精進致しましょう。この事業を軌道に乗せるまでが我々の仕事。私どもが体感した『寝落ち』を必ず流行らせてみせましょう」

行商人の心意気に、フェリアは頷く。

「詳しい打ち合わせは、この者と行って。新規事業の担当者だから」

フェリアはサブリナに目配せした。

「ミタンニで、エミリオ王の補佐をしているゲーテ公爵の次女サブリナよ。ミタンニ王妃の妹でもあるわね」

サブリナが軽く会釈したのち、行商人らを見回す。

「こ、公爵令嬢、様が？」

「ええ、そうですが？」

サブリナも澄まし顔でシレッと答える。

「王妃直轄事業薬草係下に配属されていますの。こちらの6番邸も開墾しましたわ。最初に鎌入れをしたのは私ですから」

行商人らが目を丸くしたのだった。

3 二つの知らせ

行商人との面会から一週間後、フェリアは離宮にやってきた。

サブリナには、薬華を担当する行商人とイザーズに出張するように指示してある。

十名の行商人らには、それぞれ役割を決め、今後南下してくる他の行商人を差配させることにした。

「報告によりますと、シルヴィア様は正常な時と、そうでない幼子の時が交互に現れるそうです。幼子の時は温室でおままごとなどの遊びを、正常時は部屋に籠もり塞ぎ込んで嗚咽を漏らしていることもあるそうです」

ゾッドの言葉にフェリアは小さく頷く。

「幼子時のシルヴィア様は、侍女以外の女性を全員『ママン』と判断するとか。それから、ビンズ隊長以外の男性は、『旦那様』と判断するらしく、第二騎士隊の面々はシルヴィア様の視界に入らないように遠巻きでの警護となっているそうです。正常時は、侍女しか部屋に入れません」

「ソフィア貴人やジルハンは？」

「お二人も同様です。さぞ、お辛いことでしょう。認識されないのは」

「そうね」

『本当に認識していないならね』と、フェリアは内心で呟いた。

フェリアは、シルヴィアにある疑問を抱いている。

それを確かめるため、一カ月ほど何も対処しなかったのだ。

離宮勤めを命じた者らに労いの言葉をかけながら、フェリアは状況を確認して回っている。

「手は荒れてはいない？」

洗濯係にフェリアは声をかける。

「いいえ、それほどではありません。シルヴィア様の物は侍女の方が洗濯から料理に至るまで全てお世話をするので、私どもに洗濯物は回ってこないのです」

「そう……侍女がね」

「それに、カロディアの薬用軟膏で手荒れはありません。王妃様のおかげです」

洗濯係が嬉しげに答えた。

「何か困ったことがあれば、遠慮せずに報告してね。……奇妙に感じたこともね」

そこで洗濯係が『そういえば』と漏らす。

「奇妙というか……」

「何か、不思議なことが？」

　フェリアは、洗濯係の言葉を待つ。

「シルヴィア様の侍女が茶葉はいらないと言って、白湯ばかりを運んでいると、厨房の者から耳にしました。お茶がお嫌いなのかと存じます」

「なるほど、それは嗜好の話ね」

　フェリアは明るく答える。

　お茶を嗜む、それが王族、貴族の暮らしである。そう馴染んで勤めてきた者には、シルヴィアの白湯好きは不思議に映ったのだろう。

『口に入る物を警戒しているのね』

　フェリアは内心で思った。ぞうきんの絞り汁の件が頭を過る。

「ちゃんと、シルヴィアの嗜好まで気づくなんて、皆の勤めが丁寧な証拠ね。安心したわ。これからも、心遣いをしてあげて」

「かしこまりました！」

　元気な返事を受けてフェリアはその場を後にした。

「王妃様、料理係から聞いた話もそうでしたが、シルヴィア様は本当に幼子に戻ったような感じですね」

　ゾッドが言った。

お茶の嗜みは淑女の証明、確かに子どものようだとゾッドが思うのは頷ける。

洗濯係の前に話を聞いた料理係は、食材だけ準備し、ビンズに渡しているという。ビンズがその食材をシルヴィアの前で焚き火料理するようだ。

幼子のシルヴィアが、それをキラキラした瞳で見ていると。

『それも、口に入る物への警戒』

フェリアは、ゾッドの言葉に曖昧に笑んでみせる。普通の者なら、シルヴィアの状況を心労で幼子に戻っていると判断するはずだ。

『シルヴィアのあれは違う』

ソフィア貴人は気づいているだろうか？　シルヴィアが『ママン』のいないダナンで、なぜ口に入る物を警戒しているのか。そして、ソフィア貴人を自身に近づけさせない理由を。

フェリアは、そんなことを思いながら、離宮の廊下を進む。

「リア姉様！」

ミミリーが駆け寄ってきた。

「お会いしとうございましたぁぁぁ」

ミミリーの瞳がウルウルと溢れ出しそうになっている。

「お疲れみたいね」

ミミリーがフェリアの目の前でウワァァァーンと泣き出した。

「あらあら」

フェリアは、ハンカチでミミリーの涙を優しく拭った。

「ヒックヒック、リア姉様……心が痛い」

ジルハンの傍にいるミミリーが心痛めるのはわかる。

ジルハンの辛い気持ちを慮る以上に、自身が『ママン』と同じ嫌がらせをしていたこと、それによる結果がシルヴィアの状態だと思い、心が締め付けられているのだ。

「ミミズや首折れ鶏、ぞうきんの絞り汁や霊験あらたかな樹海の湧き水、それから、ヘンテコ衣装だったわね。その程度のことでシルヴィアがああなったわけではないわ。だって、先王様やソフィア貴人が婚家の洗礼を教えなかったわけがないじゃないの。現に、シルヴィアは満を持して反撃したのだから」

「でも、でも」

「シルヴィアはね、戦っているの。ボロルでも、ダナンでも誰が味方なのかと心の奥底で不審に思っている。だから、ビンズと侍女しか寄せ付けない。それでも、ミミリーはシルヴィアの絶対的な味方でいてあげてね」

フェリアはミミリーをなだめた。

「シルヴィアの敵から、一緒に守ってあげましょう」

ミミリーがコクンと頷く。

「ボロル国『ママン』大好き『僕チャン旦那』王弟ですわね」

フェリアは苦笑した。

「私、必要とあらば、使者としてボロルに宣戦布告に行っても構いませんわ！」

その思考は、ソフィア貴人そのものだ。

「ミミリー、シルヴィアの未来のためにやってもらいたいことがあるの」

フェリアは、ミミリーの瞳をしっかり見据えて言った。

ミミリーの顔が、キリッと変わる。

それは、サブリナ同様にフェリアの忠臣としての表情だ。

「なんなりと」

「……の準備を密かに行って」

フェリアは、周囲に聞こえぬようにミミリーの耳元で告げた。

ミミリーの目が見開かれ、口が開きかける。

「ミミリー」

フェリアは首を横に振った。口にしてはならぬとわかるように。

「そっか、一カ月……確かに……だから……」

ミミリーも気づいたようで、呟いて納得していた。

「他言無用よ」

「はい！」

フェリアとミミリーは頷き合った。


フェリアは、次にジルハンの元へ向かう。

「姉上……」

ジルハンは、フェリアの姿を見ると縋るような瞳で言った。

「丸薬は飲んだのね？」

ジルハンが頷く。

心臓の薬を、ジルハンは服用している。ガロンが作る丸薬である。

「一旦、王城に戻ってガロン薬事官の診察を受けなさい」

「ですが」

「あなたがシルヴィアを心配するように、マクロン様もあなたを心配しているのよ」

ジルハンとシルヴィアは、ベルボルト領ではソフィア貴人の養子と実子の関係だったが、本当に父を同じくする姉弟だった。

ジルハンがシルヴィアに心砕くのは理解できる。

自身は、王籍に戻り幸せを享受できたのに、反対にシルヴィアは王籍から離れ、嫁ぎ……苦労をしていたのだから。

「兄上……」

「エミリオは遠い地にいる。あなたも離宮に滞在している。そして、私はシルヴィアの様子を見にここに来たわ。マクロン様は今お一人よ」

ジルハンがアッと声を漏らした。

「はい……はい、一旦戻ります」

フェリアは、ジルハンの額をツンと押す。

「困った弟だわ。シルヴィアもきっとそう思っているはずよ。シルヴィアは戦っているの。だから、弟のあなたが体調を崩してはいけないわ。シルヴィアの絶対的味方が倒れでもしたら大変だもの」

フェリアは、ミミリーに言ったようにジルハンをなだめた。

「そうですね、打倒ボロル……」

フェリアは苦笑した。

「そのボロルから、あと数週間で使者が戻ってくるはず。それに対処するマクロン様を補佐して、シルヴィアを守りましょう」

ジルハンの瞳に力が戻ってくる。

「シルヴィアの未来を作るわよ」

　フェリアとジルハンは頷き合った。


　さて、次はソフィア貴人である。

　ソフィア貴人は、温室で日向ぼっこを楽しむシルヴィアの様子を外から見守っていた。

　シルヴィアの傍らに、ビンズ。そして、侍女が控えている。

「ソフィア貴人」

　フェリアの呼びかけにも、ソフィア貴人は振り向かず、温室を眺めている。

　フェリアは、ソフィア貴人の横に立った。

「なんぇ？」

「みっともない」

　温室を眺めながら、フェリアは言った。

「なんぇ⁉」

　ソフィア貴人がキッとフェリアを睨んだ。

「みっともないと言いましたが？」

　フェリアは踵を返して歩き出す。

「待て、シルヴィアを愚弄したのか⁉」

　フッと、フェリアは鼻で笑う。

「あの子の心労を笑うでないぇぇぇ！　皆がお主のように強いわけではないのぇ！」

ソフィア貴人が、真っ赤な顔でフェリアに詰め寄った。

フェリアの顔に、ソフィア貴人の荒い鼻息がかかる。

フェリアは、やれやれと言わんばかりの呆れた表情をみせる。

「シルヴィアは、あんなに頑張っているのに、ソフィア貴人は『みっともない』ことこの上ないわ」

「な、な、な、なんぇぇぇ!?　わらわを……わらわを？」

フェリアはズンズンと歩き、離宮に入っていく。

ソフィア貴人も負けじとフェリアを追った。

離宮のロビーに木箱が積み上げられている。

「これよ、ソフィア貴人」

フェリアは、扇子で荷物を指す。

「なんぇ、これは？」

ソフィア貴人がフェリアを睨みながら問う。

フェリアは、大げさにため息をついた。

「ハァ……これがわからぬほど、ソフィア貴人は呆けてしまいましたか」

「なんじゃとぉぉぉ！」

　ソフィア貴人が木箱の蓋をガシッと掴み開いた。

　木箱の中身に、ソフィア貴人が驚愕した。

「こ、これは……」

「前王妃様のお衣装です。私にこれを贈った時のソフィア貴人はどこに消えたのです？あれほど、気概があり知略に長けた方が、今や眺めているだけで気づかぬとはみっともない！」

「……待て、何を、何が、これは一体？」

　フェリアはバッと扇子を開き、ソフィア貴人の口元を隠す。

「口を閉じて、考えなさい」

　そこで二人に沈黙が落ちる。

　前王妃の衣装を、ソフィア貴人がフェリアに贈った時、何を示唆していたか。わからぬソフィア貴人ではない。

　ソフィア貴人の瞳が極限まで開かれた。

「か、い」

「静かに」

　フェリアは目力を込めてソフィア貴人を制し、耳元に近づいて告げる。

「離宮に一カ月送って見極めていたの、『月のもの』の有無を。思った通りだった。ビン

ズと侍女以外を遠ざけた。ビンズは男性、気づきにくい。侍女だけがシルヴィアの世話をして、知っていて隠している」

　無言で頷くソフィア貴人を見て、フェリアは続ける。

「ソフィア貴人を遠ざけたのは、気づかれたくないから。ボロルへの対処が変わってくるもの。ジルハンには、それこそ心労をかけさせたくなかった。知らぬ心労より、知ったことによる心労の方が重いと判断したのだわ、シルヴィアは」

　ソフィア貴人が、悔しげに唇を噛む。

「呆けていたとえ、こんなことに気づかぬとは情けない」

「ソフィア貴人を謀るほど、シルヴィアの面会時のあれは素晴らしいカモフラージュだった。幼子を印象づけたのだから」

　ソフィア貴人が目を閉じながら何度も頷いた。

「針子も連れてきていますから、この衣装をシルヴィア用に仕立て直してあげてくださいな。ソフィア貴人、あなたがこの衣装でシルヴィアの命を前王妃様と共に守ったように」

　やっと、ソフィア貴人の瞼が上がる。その瞳に鋭気が戻っていた。

フェリアが離宮を歩き回っていた頃、王城では新たな知らせが届きざわついていた。

「王様、ミタンニ王エミリオ様から、予定にない伝鳥の知らせが入りました！」

マーカスが息を切らせながら、執務室に入ってきた。

「どうした？　そんなに慌てて」

「これを」

マクロンは、マーカスから文を受け取って内容を確認する。

『草原の端にある東方の火山噴火。ミタンニは離れており影響なし。草原はさらに混迷。火山の情報求む』

「東方の火山？」

マクロンの眉間にしわが寄る。

「知っているか？」

マクロンの問いに、マーカスが首を横に振る。

「草原の文化圏の情報は、こちらの文化圏では乏しく、現在書庫を確認中です」

マクロンは髪を掻き上げながら、小さく息を吐き出した。

「失礼致します！」

今度は、第四騎士隊の隊長ボルグが入ってくる。

第二騎士隊が離宮に配備されたため、第四騎士隊がマクロンの手足となり動いているのだ。

ボルグが大股で歩き、マクロンに細長い文を差し出した。つまり、伝鳥の文だ。

「これは、どこからだ？」

「アルファルドからです。ボロルに行っていた使者が帰路途中のアルファルドから内密に出したようです」

「内密に？」

マクロンはボルグの言葉を訝しんだ。だが、文の内容で合点がいく。

『ボロルの使者とシルヴィア様の夫の同行あり。離縁無効を主張。シルヴィア様を連れ戻す目的。アルファルドで一週間以上は滞在予定。対処、準備されたし』

ダナンとアルファルドが伝鳥で繋がっていることを、鎖国に近い閉鎖的なボロルは知らないだろう。そこを利用して、ダナンの使者が内密に伝鳥を放ったようだ。

ボロルの要望に対処する時間を作るべく、使者が機転を利かせ足止めしたのだ。

「三週間ほどで、ダナンに着くでしょう。シルヴィア様にお伝えなさいますか？」

　ボルグが言った。

「離宮のフェリアに伝えてくれ。シルヴィアへはフェリアが判断するだろう。それと、草原の火山のこともだ」

　マーカスがボルグに、エミリオからの文を見せて確認させた。

「はっ、かしこまりました」

　ボルグが急いで出ていった。

「離縁状を渡しておきながら、無効を主張するだと？　ボロルの末の王弟は何を考えているのだ？」

　マクロンは、文を机に置きながら言った。

「大事にせず、収めたいのかもしれませんね」

　マーカスが答える。

「言い争いで頭に血が上っていただけ。ボロルの末の王弟からすれば、シルヴィア様の妄想の相手に嫉妬して離縁状を叩きつけたことになります。社交界からは……お笑い種になりませんか？」

「確かにな。騎士もいないシルヴィアが本当に出国するとは思っていなかったと？」

　マーカスが頷く。

「元より、この婚姻は互いの先王様が取り決めたもの。国家間の取り決めを感情的に、あちらから反故(ほご)にしたのです。ボロルに分が悪いこととなります」

「今回の離縁の内情が、シルヴィアが口にしたようなことなら、ボロルの方が痛手かもしれんな。だが、それこそあの内情を聞いて、ダナンとしては何もせずにシルヴィアを帰すことなどできんぞ。注意……いや、強い抗議(こうぎ)ぐらいは必要になろう」

「はい、全く同意です。ボロルも負けじと何か言ってくるでしょう」

「全く、次から次へと。まずは……火山のことに注力しよう。エミリオが情報を望んでいるからな。草原、草原か」

マクロンは何か忘れていると、指で机をトントンと叩く。

「そうだ！　草原に詳(くわ)しい者がいるではないか」

マクロンの閃(ひらめ)きに、マーカスも気づいた。

「ラファト王子様ですね！」

「すぐに、カロディアへ連絡(れんらく)を。伝鳥を飛ばした方が早馬より早い」

「手配します」

マーカスが出ていった。

かすかな羽音に、ラファト王子が気づき空を見上げた。

「いい耳をしておりますな」

ハンスがフォフォフォと笑う。

ラファト王子とハンスは、カロディア領主の屋敷で療養中であるが、ベッドの上にはいない。

薬草を乾燥させる屋根に登って、日向ぼっこを名目とした足腰の鍛錬をしていた。

「草原では小さな物音さえ聞き逃すと、命取りになるからね。特に小鳥の羽ばたきは、魔獣がどこにいるのか気づくヒントになるし」

ハンスが好々爺然として頷く。

「草原のどの辺りが、縄張りでしたかな？」

「えーっと、下で教えるよ。上から見ていて」

ラファト王子が屋根から飛び降り、転がっている枝を手にして、地面に草原の大まかな地図を描いていく。

「草原の真ん中に、ヘンテコな形の湖がある。その西側にモディ。そこから、南下でミタンニ。お隣さんがカルシュフォンだったはず」

屋根から見ると、位置関係がはっきりとわかるだろう。

「それで、このヘンテコ湖から東に行くと、川にぶち当たる。そこを渡った先の草原をねぐらにしていた。川を渡った先の草原は……魔獣の出現頻度が高くて、あまり人が来ないから」

ラファト王子が苦笑しながら言った。

「なるほど、なるほど。そこでひっそり畑を教わったのですな」

「そう！　ここカロディアの薬師夫婦に」

カロディア領主の屋敷を、ラファト王子が眩しそうに眺めた。

「お二人のおかげですな」

ハンスが穏やかに言った。

「ああ、こうして生きていられるのは」

ラファト王子が元気に答える。

それは、ハンスも同様だろう。

「薬師夫婦はさ」

ラファト王子が続ける。

「何がすごいかって、あの樹海からやってきたんだ。ここね」

ラファト王子が地図の続きを描いて、枝で指した。

「草原の東の端は火を噴くとされるバルバロ山があって、その麓に樹海が広がっている。

そして、樹海を流れる川が三本。上流が魔獣の棲みか、巣窟。カロディアより凶暴な魔獣がウヨウヨいる。草原の奴らは魔獣を恐れて、あんまりこっちまで来なかったからさ」

「隠れて農作業ができたと？」

ハンスの問いに、ラファト王子が肩を竦めて応えた。

「樹海の一歩手前の草原に畑を、そこから離れて川縁を転々として暮らしていた」

ラファト王子が空を見上げる。

「やっぱり、旋回している」

それは、伝鳥の飛来だった。

「リカッロさん、どこだろ？」

ラファト王子が周囲を見回す。

ちょうどその時、リカッロが屋敷の裏にある林から出てきた。

「飛来していますよ」

ラファト王子が駆け寄って上空を指差す。

「ガッハッハ」

リカッロが楽しげに種袋を懐から出す。

それを掲げて腕を伸ばすと、伝鳥が降下してきた。

ピイピイッピッ
リカッロが腕に留まった伝鳥に種を与える。

「どれどれ」

伝鳥の足下の管から文を取り出した。

『草原の東方の火山噴火。情報求む。ラファト王子、ダナン王城へ急ぎ来られたし』

ラファト王子とリカッロは顔を見合わせた。

そこへ、屋根から降りてきたハンスが文を覗き込む。

「火山とは、このバルバロ山のことでしょうな」

ラファト王子が地面に描いた地図を指差して、ハンスが言ったのだった。

フェリアは、シルヴィア本人に確認すべく温室へ向かった。

お側騎士と女性騎士らを残し、一人温室へと入る。

「『ママン』が！　『ママン』が来たわ！　嫌よ。嫌！」

フェリアの姿を捉え、シルヴィアが騒ぎ出した。

そんなシルヴィアを気にせず、フェリアはズンズンと進んだ。

侍女がオロオロしているが、ビンズは飄々と佇んでいる。

フェリアは、お人形を抱えるシルヴィアの手首を取った。

脈を診る。面会時は、全身を診ただけだったが、今回は触診だ。

それに気づいたシルヴィアが手首を引っ込めた。

「懐妊おめでとう」

フェリアの発言に、シルヴィアが固まる。

侍女も、大きく目を見開いている。

ビンズは、目をパチパチと瞬いた。

「あのまま、ボロルにいたら、嫁いびりで宿った命を奪われかねない。ぞうきんの絞り汁、霊験あらたかな樹海の湧き水……もっと、酷い物を口にした経験もあるでしょうね。宿った命を危険にさらす異物を口にしかねない状況だった。それなら、出国し母国ダナンを目指す一か八かの賭けに出た」

フェリアは、そこで大きく息を吐き出す。

「宿った命をボロルで危険にさらすか、ダナンまでの旅路で危険にさらすか。ボロルで守り抜けるのか、ダナンまでの道のりで守り抜けるのか。あなたの賭けはダナンに向いた。満を持して嫁いびりへの反撃を開始し、離縁状を手にした」

温室はシーンと静まり返る。

フェリアは、そこで温室の外に目配せした。

女性騎士のローラとベルが両手いっぱいに荷物を運んでくる。

「内緒で作ったわ」

シルヴィアの前に荷物が運ばれる。

「開けてみて」

シルヴィアが恐る恐る荷を開けた。

中を見たシルヴィアの目から涙が溢れ出す。

「あなたには腹帯を。御子には肌着を準備したの。それから、妊娠中でも飲めるお茶も準備済み。白湯ばかりじゃ、飽きるでしょ？　口に入れる物を目にしながら料理をしてもらうのは、そのまま続けましょう。心の安定に繋がるわ。あっ、待って。もう一度言わせて」

フェリアは、シルヴィアに笑む。

「懐妊おめでとう、シルヴィア！」

シルヴィアが感極まり、フェリアの胸に飛び込んだ。

「あ、ね、上様、姉上さ、ま……姉上様！」

フェリアの胸の中でシルヴィアが泣き崩れている。

侍女も緊張が解けたのだろう、腰が抜け、『良かった、良かった』と口走っている。

「ミミリーに出産の準備を指示したわ。ソフィア貴人には、シルヴィアのドレスの準備を。ジルハンにはボロルと対峙するため、マクロン様を補佐するように言ったわ」

ボロルに向かわせた使者が帰ってくることはわかっている。

マクロンの元には、すでにその一報が届いている。

「あなたの夫、末の王弟は、懐妊を知らないわね？」

「はい……。あの屋敷で、あの『ママン』がいるボロルで、御子を育てることはできません。ですが、『ママン』も『旦那様』もきっと御子の存在を知れば、ボロルでの養育を主張するでしょう」

「だから、隠していた。どこか新たな地で、ひっそり子を産み……ナイトの子として育てようと？」

シルヴィアが頷く。

「ごめんなさい、ビンズ。巻き込んでしまって」

シルヴィアが申し訳なさげに、ビンズに言った。

ビンズが苦笑する。

「シルヴィアの奮闘に敬意を払うわ。ボロルと交渉になることも考えて、離縁を言い渡されただけでは弱いから、離縁状をもぎ取った。あなたの夫へは妄想ナイトを披露し、『ママン』にはあえて強烈な反撃をして」

シルヴィアが涙を拭いながら顔を上げて、チョロッと舌を出した。どうやら、このシルヴィアが素なのだろう。

「流石、ソフィア貴人の娘だわ」

「でも、ダナンに戻れたのはいいけれど、ここからどうやって御子を守るのか……どうしていいか答えが出なかったのです。御子がいる以上、ボロルに戻るように説得されるかもしれない。だって、この婚姻は国家間の約束事だったから」

「――懐妊がわかったら、もう嫁いびりなんてしないだろう。それこそ、大事に扱われるはずだ。ダナンからも注意しておく。安心して帰国せよ――そんな風に、マクロン様がおっしゃるかも、他の貴族も後押しするかもと、疑心に駆られたのね？　最悪、御子だけ奪われてしまうかもしれないと」

シルヴィアの眉尻が下がった。

「言い出して良いものか、わからなかったのです。だから、咄嗟に幼子になりビンズを引き合いに出しました。ここ離宮でも、今後どうすればいいかずっと考えましたが、答えが見つからなくて。でも……姉上様が、おめでとうと、おっしゃってくださった。それに、こんなに素敵な贈り物まで用意していただいて……初めて、御子を祝ってくれたから」

シルヴィアがまた涙を流した。今度の涙は静かに、優しく流れていく。

フェリアは、ハンカチでシルヴィアの頰を拭う。

「大事な御子です。『旦那様』との御子だもの。『ママン』に傾倒する方ですが……私を溺愛する方でもありますの。だって、妄想のナイトに嫉妬するほどですから」

シルヴィアがクスッと笑う。

フェリアは少しばかり驚いた。シルヴィアの末の王弟への想いにだ。

そんなフェリアの心情に気づいたのか、シルヴィアが口にする。

「『ママン』さえ関わらなければ」

シルヴィアがフェリアに曖昧な笑みを向ける。

フェリアはシルヴィアの心情を慮る。想いがあったからこそ、八年も一緒に過ごしてきたのだ。

だが、大事な御子は、それこそ『ママン』に関わらせたくはない。『旦那様』の二の舞になりかねないのだから。

フェリアは、シルヴィアとしっかり視線を合わせた。

「シルヴィアの希望を言って」

「ボロル以外で御子を産み、育てること」

シルヴィアがキッパリ言い切った。

「良かった、私と同じ意見で」

フェリアとシルヴィアは、再度抱擁を交わしたのだった。

フェリアはシルヴィアを残し温室を出た。

そこへ、大きな足音が近づいてきた。早駆けで離宮に到着したボルグである。

「王妃様、急ぎの知らせです！」

ボルグが、エミリオとボロルに遣わせた使者から届いた伝鳥の文の内容を正確に伝えた。

火山の噴火とボロルの主張、末王弟の同行についてだ。

「以上が、伝鳥より知らせが入った内容です。王様は、シルヴィア様へのお知らせを王妃様に任せるとのこと」

ボルグはまだ膝をついたままだ。フェリアからの指示を待っている。

フェリアは空を見上げる。夜が迫っている色に変わっていた。

「マクロン様に文を」

フェリアはゾッドに目配せし、文を準備させる。

筆を持つ手に力が入った。


『シルヴィア、懐妊』

端的に、これだけでいい。フェリアは、その一文だけをボルグに託したのだった。

4 噴火日記

マクロンは、フェリアからの文をボルグから受け取り確認した。

「っ……そうか」

マクロンはすぐに文を畳んだ。

ボロルとの交渉は、厄介になってこよう。

隠し続けることは困難だ。人の口に戸は立てられぬ。極秘で御子を産んでも、いずれボロルに知られてしまうのは、目に見えている。

今でさえ、国家間の問題となった離縁が、懐妊を隠せば、それが表沙汰になった時に大きな波紋を広げていくことだろう。

シルヴィアの争奪戦に加え、御子の取り合いへと発展することは確かだ。

「ジルハン様とミミリー様は明日こちらに戻ってくるとのこと。王妃様より何か指示があったようです。王妃様は離宮でシルヴィア様と一日過ごした後に、明後日のお戻りになるとのことです」

フェリアは、もうシルヴィアのことで動いているのだろう。マクロンは、ホッとひと息ついた。

同時に、寂しさが心をかすめる。フェリアが、サブリナやシルヴィアのこと、その他のことも含め尽力していることに……少しばかり拗ねたような感情があることを、マクロン自身が気づいていた。

暗くなった窓の外を一瞥し苦笑する。

「今夜も寂しい独り寝か」

マクロンは無意識に呟いていた。

翌日になっても、ダナン王城は慌ただしい。

マクロンの元に、重要な訪問者が現れた。それも、久方ぶりの顔だった。

「アルファルド王弟嫡男ハロルドです。以前、ダン・ファレルとして、数々の無礼を働いた私ですが、この度、アルファルド王から王勅書を預かり、参った次第にございます」

ハロルドは、以前、秘花を用いフェリアを昏睡させた首謀者である。

フェリアやガロンを欲するがあまりの蛮行だった。

アルファルドでは医術の貢献の度合いで、王位継承権の順位が変わる。ハロルドは、王位継承権の順位もさることながら、医術への強い探究心も相まっての犯行だったと言えよう。

「久しぶりだな。息災か？」

ハロルドの眉がピクッと反応する。

王位継承権を返上したハロルドは、王族の役割である秘花の栽培もできなくなった。さらに、医術関連のことに関われなくなっていた。

息災なわけがない。鬱々とした感情で過ごしてきたはずだ。

「ダナン王妃様の暇な私へのご配慮のおかげで、空ばかり見て生活をしておりました」

フェリアは、昏睡に関わったマクロンのいとこアリーシャには、ミタンニで秘花の品種改良を指示した。

そして、ハロルドには『鳥遣い』を習得させるように、アルファルド王に頼んだのだ。

カルシュフォンとの事件後、郵政関係や空の道で、アルファルド以北に詳しい者が必要だったこともあり、謹慎中だったハロルドに白羽の矢が立ったわけだ。

「暇な私は、伝鳥で文を運ばせるだけでなく、自分の足で王勅書を運ぶ名誉まで賜りまして、本当にダナン王妃様のおかげです」

ハロルドの言葉は、丁寧な文脈でありながら嫌みったらしい。

「そちの敬愛する我が王妃フェリアは不在なのだ」

マクロンは、ハロルドの嫌みに絶妙な返しを披露する。

ハロルドの眉がピクッと反応し、口角がヒクッと上がっている。

それこそ、ハロルドは医術への貢献のために、フェリアとガロンを欲して画策したのだ。マクロンの言う『そちの敬愛する我が王妃フェリア』は、まんまその通りの意味合いであり、絶妙な返しになるのは言うまでもない。

「私がお目にかかりたいのは、義兄弟となるモディ国第十三王子ラファトですので、お気遣いなく」

ハロルドが『ハハハ』と笑う。

マクロンも『ハハハ』と笑い返した。

「「……」」

二人に微妙な間が空いた。

「コホン、ちょうどラファト王子様もカロディアから王城に向かっております。タイミングがよろしいようで」

マーカスが口を挟んだ。

昨日、伝鳥を飛ばしたのだ。すぐに王城に向かっていることだろう。明日には到着するはずだ。

マクロンとハロルドは互いに真剣な眼差しを交わした。

そこで、ハロルドが本題に入る。

先ほどまでのやり取りは、ちょっとした挨拶だ。

「モディの跡目争いに関わる魔獣暴走の件、アルファルド王も南下を堰き止めるきっかけとなったモディ国第十三王子ラファトに感謝しており、その境遇を慮り、王弟バロンの申し出である養子縁組を許可すること、系図への加筆を承認した王勅書となっております」

「遠路はるばるご苦労だった」

マクロンはダナン王として、ハロルドを労った。

「ラファト王子、いや、ラファトが到着次第王勅書を授与してくれ」

「はっ」

マクロンとハロルドは、今度は互いにニッと笑い合った。

「バロン公は、フーガにいて来られない」

フーガ伯爵がフーガ領に戻るのに、バロン公も付き添っているのだ。幽閉島の幻惑草も確認することになっている。

「放浪をしてアルファルドに全く帰ってこないので、私がこんな役目を負うはめになっています」

「さっきは、暇だと言っていなかったか？」

先ほどの挨拶の続きが開戦されたようだ。

ハロルドの口角がヒクッと上がって、張り付いたような笑みを披露している。

「そちが敬愛する我が王妃フェリアは、有能な暇人を欲しているのだが」

「お断り致します」

何かを察したハロルドが即答する。

「なるほど、そちは有能だと自覚しているわけだな」

笑みを湛えたハロルドのこめかみに、うっすらと青筋が立つ。

「『鳥遣い』で手一杯ですが？」

「そうか、残念なことだ。『薬事官』留学で補薬を学ばせたいと、そちの敬愛する我が王妃フェリアは口にしていたのだ。我はそちの引き抜きを頼まれたが……『鳥遣い』で手一杯とは有能な暇人ではないようだ」

ハロルドに返答の間が空く。

「……私は医術のことに関われませんが？」

ハロルドが自嘲しながら言った。

「アルファルド内で関われないだけだろう？　そちの敬愛する我が王妃フェリアが言うには、いとこのアリーシャがミタンニで秘花の品種改良に携われているから、そちはダナンで補薬を学び、医術の向上を図ればいいのだそうだ」

マクロンはハロルドを挑発しながら饒舌に続ける。

「そちの敬愛する我が王妃フェリアは、むかつくことに、そちを欲している」

「どうかしている！」

ハロルドが吠えた。

「忘れたのか⁉　私は、王妃を昏睡させるという狼藉を働いた者だぞ！　わかっているのか⁉　そんな奴を傍に置きたがるとか、それを認めるとか、あんたら頭がおかしいぞ！」

ハロルドが冷静さを失い、暴言を吐いた。

「フェリアの考えは、妃選び中から一貫している。傍観する者より、刃向かう者の方が好きだと。刃向かうのは『気概』と『知略』がある証拠なのだそうだ。事なかれ主義の傍観者など見向きもしない。立ち向かってきた者らを重用している」

そこで、マクロンはひと息つき、ハロルドをしっかり見据える。

「我は思う。傍観者の視線は目の前にしか向かない。だが、刃向かう者の視線は上を向いている。前に踏み出すことは誰にだってできる。だが、上に進もうと挑むことは誰でもができることではない。むかつくことに、そちはまだ牙を抜いていない。嫌みったらしい挨拶がその証拠だ」

ハロルドの拳が強く握られている。

口を開くのを抵抗するように。開いてしまっては、きっと是と紡いでしまいそうになるからと。

マクロンは、最後に付け加える。

「『ノア』」

ハロルドがバッと顔を上げた。

「それは！」

「『薬事官』にしか教えん」

マクロンは立ち上がって、あえてハロルドを見下ろした。

ハロルドの視線はマクロンに挑むように上を向いて睨んでいる。

「どれにする？　上を向いて挑むか、前を向いて凡庸に過ごすか、下を向いて腐るか、選べ」

ハロルドの視線がさらに強くなる。

「上だ！」

ハロルドが地団駄を踏む。

「むかつくのは、私だ！　ちくしょう！」

マクロンはハロルドの様子に、お腹を抱えて笑う。

ハロルドが散々悪態をついた後、大きく息を吐き出した。

「あなた方二人は、お人よしと人たらしですね。お似合いですよ！」

的確にして嫌みったらしい言葉とは裏腹に、ハロルドの表情は吹っ切れたように清々しかった。

翌日。

ラファトが膝をつき、ハロルドから王勅書を受け取った。

「年齢は私が下ですが、義弟として系図に記されますから」

ハロルドがラファトに告げる。

「兄じゃ！」

ラファトの言葉にハロルドがギョッとする。

「その呼び名は、草原でしか通用しない！」

「では、なんとお呼びしたら良いので？」

ハロルドがウッと喉を鳴らした。

ハロルド自身どう呼ばれれば、しっくりくるのかわかっていないのだ。

「普通は兄上様じゃないか。フェリアも私の妹に姉上様と呼ばれていたぞ」

マクロンは二人を見ながら言った。

「十以上年上の者に、兄上様などと呼ばれたら、周りに奇妙な目で見られてしまう」

兄上様は勘弁してほしそうに、ハロルドが答える。

「えー、じゃあ……愛称的に、ルドゥとか」

「却下！」

「私は、ファトゥでいいですよ」

「人の話を聞け！」

ハロルドとラファトの掛け合いに、マクロンは大笑いした。

「そこの大笑いのお人よしに決めてもらえばいい」

ハロルドが、マクロンをキッと睨む。

「それは妙案ですね」

ラファトもマクロンに期待の目を向けた。

マクロンは少しばかり思案して口を開く。

「普通に、名前で呼び合えばいいのではないか」

「「……」」

ハロルドとラファトが、期待外れだと言わんばかりの視線をマクロンに向けた。

マクロンは居たたまれなくなり、視線を外す。

ちょうどのタイミングでガロンが顔を見せた。新米『薬事官』を引き取りに来たのだ。

「ガロン、ちょうどいいところに来た。『薬事官』留学のハロルドだ。いや、すでに顔見知りだったたか」

「はいはい、ハロルドさんね。久しぶりだぁ」

ハロルドが潔く頭を下げた。

「申し訳ありませんでした」

吹っ切れたハロルドは礼儀正しい。

「可哀想に、フェリアにこき使われにダナンまでやってきたのかぁ」

ガロンが、ハロルドの肩をポンポンと叩いた。

「まず、一粒だ」

「は？」

口を少し開けたハロルドに、ガロンがクコの丸薬を入れる。

「ヴオッ、ンン……」

「秘花に勝るクコの丸薬だぁ。補薬の実食、『薬事官』としての初仕事ご苦労さん」

吐き出すまいと、必死に口元を押さえているハロルドに、ガロンがまた肩をポンポンと叩いた。

見事に両膝が崩れ落ち、ハロルドが涙目になっている。口元を押さえながら、首を横に振って『吐き出してもいいか？』と瞳が訴えている。

ガロンがニンマリ笑って、首を横に振った。

「カロディアではこれを飲み込めたらイッパシと認められるからさぁ。まさか、飲み込めないなんてことないよね？」

ガロンの言葉に、ハロルドは観念しクコの丸薬を飲み込む。そして、気絶した。

「あら」

マクロンは配備騎士に目配せし、ハロルドを搬出させる。

「新米『薬事官』引き取っていきますね」

ガロンとハロルドが退出した。

残ったのは、マクロンとラファトである。

「伝鳥の文は見たか？」

マクロンはラファトと向き合う。

「はい。地図を描いてもいいでしょうか？」

ラファトが、カロディアでハンスに説明したように、マクロンにも紙に描きながら話した。

「……つまり、バルバロ山の噴火でしょう」

マクロンはラファトの説明から、ミタンニへの影響を考える。

「そのバルバロ山の噴火による草原への影響はあるのか？」

「私が草原暮らしをしていた時に、噴火を経験していませんし、どんな影響があるのか知りません」

「では、この数十年は噴火していなかったのだな」

そこで、ラファトが考え込む。

「そっか、過去の噴火……バルバロ山が火を噴く山だと誰から聞いたのか……。あっ！」

ラファトがバッと顔を上げる。

「幼い頃に、老いた行商人から耳にしました。その者自身も祖父から伝え聞いたことだと話していて……確か、灰が降って」

ラファトがまた考え込む。必死に思い出しているようだ。

「灰が降って、痛み……なんだっけ……あの時、喉風邪を引いていて……思い出した！噴火の降灰で目や喉が痛くなると。そうそう、あの老いた行商人は、祖父がそれで喉を痛めてガラガラ声になってしまったと、バルバロ山を指差しながら教えてくれました」

ラファトが草原暮らしで喉風邪を引き、旅の行商人から薬を調達した時に、バルバロ山の噴火と降灰による影響を伝え聞いたのだ。

老いた行商人の祖父の話ともなれば、相当過去のことになる。

マクロンはラファトの言葉を聞いて、エミリオに知らせを出すことと、目と喉の薬の手配をするようにマーカスに指示を出した。

「有益な情報だ。礼を言う」

「いえ、大したこともできていません。恩返しできてないや。ダナンにもハンスにも」

ラファトが苦笑した。

「ハンスは……」

マクロンも苦笑いして、言葉を止めた。

「一緒にダナンに来ましたが、例のごとく消えました。お目付役失格です」

きっと、ハンスはフォレット家に身を隠していることだろう。

確認しに行くこともできるが、マクロンはそうしない。それが、ハンスとの絆だ。

「王妃様になんて言い訳しよう」

ラファトが頭を掻きながら言った。

「私に言い訳を？」

フェリアが乗馬服で現れる。

「勇ましいな」

マクロンはフェリアの腰に手を回して、愛しい者を実感する。

「お邪魔です？」

ラファトがニッと笑う。

「ああ」

「いいえ」

正反対の返答に、マクロンとフェリアはしばし見つめ合った。

「王様、心中お察しします」

ラファトが言った。

「あの、えっと？」

フェリアが、マクロンとラファトを交互に見やり困惑している。

「失礼します。よろしいでしょうか？」

今日の王間は次から次へと誰かしらがやってくるようだ。

X倉庫番の長、番長が入ってきた。

ラファトが嬉しそうに番長に駆け寄った。

「ラファト王子様」

番長が頭を軽く下げる。

「違う、違う！　ほら、これ」

ラファトがアルファルド王の王勅書を番長に見せる。

「お祝い申し上げます、ラファト様」

「ありがとう……ハンスは途中まで一緒だったけど、また消えた」

「そうでしょうね」

番長が納得するように穏やかに頷いている。

番長は、きっとフォレット家で再会したはずだ。

「ところで、どうしたのだ？」

マクロンは番長に問うた。

番長が小脇に抱えた物をマクロンへと差し出す。

「三代前の王様の日記です。噴火に関しての記述があり、持参した次第です。……草原の噴火ではありません。参考になるかどうか……いえ、目を通していただきたく、該当箇所に紙を挟んでありますので、王妃様と二人でご確認ください」

どうやら、番長は中を二人に確認してほしいようだ。

「ラファト様、行きましょう。積もる話もありますから」

番長がラファトを促し退室した。

マクロンは近衛隊長に目配せする。予定を組み替え、フェリアとの時間が取れるように指示する。

番長の様子からして、機密事項なのだろう。

「では、執務室に移動してください」

近衛隊長が言った。

王間では、二人だけで話ができないからだ。

「着替えておいで、フェリア」

「わかりました。すぐに向かいますわ」

踵を返すフェリアの手を、マクロンは思わず引っ張り抱き締めた。

「……やっぱり、このままでいい。少しだけ、フェリアを補充したい」

フェリアが身を捩る。

「少しだけ？　私は……いっぱいマクロン様を補充したいわ」

マクロンは、自身の心が満たされていくのがわかった。


充電いっぱいの二人は、執務室のソファに座って互いの情報を交換する。

フェリアは、もちろんシルヴィアのこと。

マクロンは、ラファトから聞いたバルバロ山のこと。

ラファトが描いた地図をなぞりながら、フェリアは口を開く。

「そう……樹海に。だから、カルシュフォンが両親の行方を必死に捜してもわからなかったのね」

「ああ、樹海に行っていたなら、見つけられるわけがない」

フェリアの指は、アルファルドからカルシュフォン、草原の東へと進み川を渡って北上し樹海へ到達した。

「ラファトが魔獣に追いかけられていたのは、この辺りらしい」

フェリアの指をマクロンが動かす。

そこから、モディへ進んでモディ王と酒を酌み交わしたわけだ。

「また、両親のことが明らかになりました」

フェリアは、マクロンに身を寄せた。

「今度は、マクロン様のご先祖が記したことを」

番長が見つけた三代前の王の日記が地図の横に置いてある。

マクロンが日記を手に取りページを捲る。

「外交に関する……覚書のような日記ですね」

「多くの国とやり取りをするから、メモのように記していたのだろうな」

挟んである紙は五枚。

マクロンの手が、紙が挟んである最初のページを開く。

中段にさしかかった所に、その記述があった。

○月○日
ボロル国より、支援要請あり。

火山噴火、降灰による被害。

目と喉の薬と沈静草の支援を乞われる。

ボロル国とはさして親交なし。

幾ばくかの支援で手を打つ。

マクロンとフェリアは顔を見合わせた。

まさか、草原の噴火を調べていて、ボロルでの噴火が出てくるとは思わなかったのだ。

番長が、草原の噴火ではないと前置きをして、二人で確認してほしいと言った意味がわかる。

「紙が挟まっている他のページも確認しましょう」

「ああ、残り四箇所に記述があるようだな」

マクロンが次に紙が挟んであるページを開いた。

○月○日
ボロル国より、追加支援を要請される。

沈静草の無償提供希望、呆れるばかり。

一蹴。


「薬でなく、沈静草？」

マクロンが首を傾げる。

「噴火によって魔獣が樹海から出てくるのではと恐れたのでしょう。……そういえば、今回の魔獣の肉に目が眩んだ安直な狩りの横行と、草原の魔獣暴走の件も含めて、ボロルへも一応沈静草を運びましたわ」

「ああ、樹海周辺の国々に、注意喚起と沈静草を運搬したな。……各国からは返礼が届いたが、ボロルからは何もなかったはずだ」

沈静草を提供された代わりに、金品を返す国がほとんどだ。

貰いっぱなしは、国としての体裁が悪い。一般的に歯の治療に特化した沈静草は、需要が少ない薬草であるため、常備していない国が多く、ダナンからの提供はありがたかったはずだ。それも、使い方の指南役まで派遣されたのだから。

「元々、樹海の奥地に住む魔獣を狩ろうとする命知らずな者はおらず、暴走が引き起こされることもなく、沈静草の出番もなかったと聞くが」

マクロンが呟く。

いくら、魔獣の肉が万能薬だと噂を耳にしても、普通の森ならいざ知らず、樹海の奥地にまで入る者など流石にいなかったのだ。

「それにしても、ボロルでも火山が噴火していたのですね。……シルヴィアは、ボロルの歴史に詳しいかしら？」

フェリアは、シルヴィアのことが頭に浮かぶ。

「輿入れ婚だから、それこそ、マ、コホン、ご母堂に教わっているかもしれんが……」

マクロンが『ママン』と言いそうになったのを言い換える。

「ボロルのあれこれを思い出させることになってしまうか」

マクロンの顔が曇る。

「身重のシルヴィアにいらぬ事を訊いて、心労をかけさせたくないのですね？」

フェリアは、マクロンの気持ちを慮る。

「マクロン様もシルヴィアと同じですね。シルヴィアは、ジルハンに自身の妊娠で心労をかけさせたくないと慮ったもの」

照れを隠すようにマクロンが、口元を手で覆う。

「シルヴィアには、ボロルの使者や王弟がこちらに向かっていることは伝えましたわ。それから……御子を隠し通せないとも。隠したところで、いつか明らかになると」

それは、マクロンも思っていたことだ。

「そうか……シルヴィアの様子は？」

「懐妊を隠すことによる心の重しが取れたのか、未来をしっかり描いております。ボロル以外での出産と子育てを願って、ソフィア貴人と臨戦態勢に入ったようで」

シルヴィアの不安は、孤独な戦いを強いられたことによるもの。フェリアという心強い味方を得て、素のシルヴィアがやっと表に出てきたのだろう。

ソフィア貴人の娘なのだ、そんじょそこらの令嬢にない資質を持っている。

だからこそ、侍女一人しかいない状況でダナンまでやってこられたのだ。

「話が逸れてしまったな」

マクロンが日記に視線を落とす。

「そうですね、ボロルの記載でどうしてもシルヴィアが気になってしまって」

フェリアは、マクロンと一緒に紙が挟んであるページを開いた。

〇月〇日
三男吐血。
常備薬では治療困難。
親交国、医術国で薬を探すように指示。

そんな内容から始まったページに、噴火に関する記述はない。

「番長はなぜこのページに紙を挟んだのかしら？」

フェリアは、何度も日記の内容に目を通すがわからなかった。

「次を見てみよう」

マクロンがページを開く。

○月○日
密売人接触。

取引に応じる。

金貨百枚及び沈静草と稀少な種二十個交換。

『ノア』により、三男治癒。


「えっ⁉」

フェリアは思わず声が出た。

マクロンも思ってもいなかった記載に、驚きを隠せない。

「そうか！　ダナンが所持していた『ノア』は、確かに三代前の王が、行商人より買い付けたとの記録があった。こんな裏事情があったのか」

フェリアは気持ちの悪い引っかかりを感じるが、その引っかかりがなんなのかはっきりしない。

「紙が挟んである最後のページを確認しましょう」

『ノア』の記載から、数カ月経ったページだ。

「マクロン様、ここ」

フェリアはその記述に指を差す。

○月○日
密売人をつけた行き先が判明。

ボロル国国境の町。

密売人入国。

こちらは国境の町で足止め、密売人は追えず。


マクロンとフェリアは無言になった。

互いに思考が混乱しているのだ。

「どういうことなのか……」

フェリアは困惑している。五つの記載をどう捉えるべきか、頭が整理できない。

「何かがしっくりこない。絡み合った糸のような、そんな感じだ」

マクロンが溢す。

「ええ、火山の噴火、目と喉の薬に沈静草、密売人と『ノア』、そして、ボロル」

フェリアは、記述を羅列して口にしてみた。

「繋がっているようでいて、繋がっていない？　絡み合っているのは一本の糸なのか、それとも複数の糸なのか……」

フェリアは絡み合った思考を拭い去るように首を横に振った。

「密売人と取引した『ノア』の出所は……ボロルなのか？」

羅列した中で、出所になりそうなのはボロルだけだ。

「その可能性もありましょうが、密売人がただ単に暗躍していたと考える方が自然ですわ。行商人と同じで、国を渡り歩き、相手の欲する物を売るのが密売人ですから」

「確かに。日記から察するに、ダナンは『ノア』を欲しており、ボロルはなぜか沈静草を欲していた。密売人がそれを察知し動いた、と考えられるか」

密売人と行商人の大きな違いは、禁止されているブツを売買するかどうかと、秘密裏に物資を融通するところだろう。つまり、表に出ない後ろ暗い取引を生業にしている点が、行商人との違いだ。その場合、大金が動く。

「ダナンには『ノア』を、ボロルには沈静草を、そして両国から大金を得たということでしょう。そうなると、ダナンに渡った『ノア』を密売人はどこで入手したのか。やっぱり……草原なの？　でも、草原で栽培なんてされていないのはわかっていますし、あーもうっ！」

フェリアは珍しく苛立った。

『ノア』のこととなると、どうしても冷静な思考ができない。袋小路に入っていく感覚になるのだ。

「一旦落ち着こう。『ノア』の出所は密売人しかわからないのだ。今回は、草原の噴火がどんな影響を及ぼすかを調べている。噴火の影響は、この記述でもラファトの記憶でもあったように、降灰による目と喉の痛みへの対処が優先だ」

「ええ、そうですわね。噴火といっても、草原とボロルとは離れていますし……繋がりはないはずなのに、何かしっくりこなくて」

マクロンがフェリアの背を撫でて落ち着かせた。

フェリアは大きく深呼吸してから、マクロンに笑みを見せた。

「別々の事案だ。切り離して考えるべきだ」

「はい。えーっと、降灰による影響、目と喉の薬が必要になってきます」

「ああ、そうだな。エミリオにはすでに噴火の影響の知らせを出している。薬も手配済みだ」

ラファトから噴火の影響を耳にして、すぐにマーカスに指示してある。

「至急、ミタンニに運ぶ必要がありましょう。風向きによって、ミタンニまで降灰があれば症状が出てしまいますから」

「ならば、アルファルドにも知らせを出し協力を仰ごう」

ダナンよりも、ミタンニに近い医術国のアルファルドである。

早々に動いてくれることだろう。

そこで、マクロンがソファに深く体を預け、大きく息を吐き出した。

「フェリア、一気に色々な難問が押し寄せて、互いに思考が整理できていない。そこで、提案なのだが……」

マクロンが咳払いしながら、ソファに預けていた体を少しばかり起こし、フェリアを窺った。

何やら言いづらい内容なのか、フェリアは小首を傾げる。

「あー、そのだな。今夜は」

「一緒ですわ」

フェリアは嬉しそうに言った。

「あー、うん。その、なんだ」

「なんです？」

こんなグダグダなマクロンは初めてで、フェリアは少しばかり楽しげだ。

「心身を癒やすべきだと考える。つまり、６番邸だ」

「はい？」

コンコン

『王様、お時間です。次の予定が入っていますので』

扉の外から近衛隊長が声をかけた。

「あい、わかった。少し待て」

マクロンがフェリアの頭に軽く唇を落とす。

「行ってくる。今夜は6番邸だぞ」

「はい」

フェリアはクスクス笑った。そんなに念を押さなくても良いのにとも思う。

マクロンが満足げに頷いてから退室した。

だが、すぐに扉が開く。

「一緒に、湯船に入るのだからな！」

「ええっ⁉　ちょ」

バタン

「っと……」

フェリアの言葉を待たずして、マクロンが言い逃げしたのだった。

5 支援と脅し

隠し通せないとわかっていても、シルヴィアの懐妊は機密事項とした。

限られた者にしか、明かされていない。

安易に明かしてしまえば、シルヴィアが危惧したように、貴族らがボロルに帰した方が国家間の問題にならずに済むと騒ぐかもしれないからだ。

明かすには、絶好の頃合いや相応しい場があるのだ。

シルヴィアを守るため、マクロンとフェリアはずいぶん話し合った。

ミミリー曰く、『ママン』大好き『僕チャン旦那』王弟が、実際にどのような人物なのか、ボロルの使者がどのようなことを口にするのかによって、御子のことは決まってこよう。

何はともあれ、ボロル一行の到着待ちだ。

だが、今フェリアは別の人物の到着を待っている。

シルヴィアの懐妊が確定してから二週間が経っている。

つまり、フェリアが離宮に発つと同時にイザーズ領へサブリナが出発してから、二週間が経っているのだ。

銀糸の髪がなびいたのを確認したフェリアは、大きく手を振った。

「サブリナ！」

「王妃様！」

二人して駆け寄って、互いに抱きつく。

「ただいま戻りました」

「お帰りなさい」

フェリアとサブリナは顔を見合わせて笑った。

集まった行商人らも微笑ましく、二人を見ている。

「順調？」

フェリアは、行商人らに問うた。

満面の笑みの応えが返ってきた。

「新規事業の立ち上げとは、このように楽しいものかと鋭気が増しております」

「フフ、今日も6番邸で『寝落ち』でもしていく？」

フェリアの発言に皆が笑い声を上げた。

「『寝落ち』したいところではありますが、やることがたくさんありますから、宿場町の本丸に戻ります。王妃様のご期待に必ず応えてみせましょう」

本丸とは、改装中の芋煮レストランのことだ。新規事業の中枢である。

「ええ、お願い。第二陣の行商人らも到着しているから、差配してちょうだい」

フェリアとサブリナは、行商人らを見送ってから王妃塔へと向かった。


「……そう、なのですか」

シルヴィアのことをサブリナに明かすと、戸惑ったような、気が抜けたような、それでいて微妙な返答をした。

「サブリナ？」

フェリアは、床を見つめるサブリナを窺う。

ポタポタと滴が落ちていくのを、フェリアは静かに見守った。

「フィーお姉様、なぜビンズに離宮に行けとお命じになったの？」

サブリナの心が滴と共に溢れ落ちた。

「私の騎士なのに」

サブリナの手には、ビンズから贈られたであろうシルクのハンカチが握られている。シルヴィアのナイトに対して、私の騎士だとサブリナが口にする。

もちろん、ビンズは王マクロンの騎士なのだが、ゲーテ公爵とサブリナの身の安全を守ると約束したのはビンズだ。

「どうして、教えてくれなかったのです？　フィーお姉様は、面会の時点でシルヴィア様を診て、気づいていたのでしょ？　教えてもらっていたら……こんなに苦しまなかったのに」

涙を拭うべくあるハンカチをサブリナは使わない。

大事なハンカチだからだ。

フェリアは、ハンカチを差し出さずスッと後方に退く。

「どんなに心細かったか……ビンズに会いたい」

サブリナが今目の前にいてほしいのはビンズなのだ。フェリアではない。

「そんなに、不安な思いをさせておりましたか。やはり、サブリナ嬢には多くの護衛が必要ですね」

サブリナが固まった。

床に視線を落としたまま、顔を上げない。

「ご安心ください、大丈夫です。ゲーテ公爵が帰還するまで、安心して過ごせるようにお守り致しますので」

サブリナの首は九十度に曲がったままだ。

「幼子が迷子になったがごとく、心細い思いで過ごされていたとは」

天然、鈍感、心意気は騎士。

「サブリナ嬢に涙は似合いませんよ」

たらし。

「サブリナ嬢？」

要するにビンズである。

「お、お、乙女の涙を、指摘するとは何事です⁉」

ハンカチで顔を隠しながら、サブリナが顔を上げる。

「これは、失礼しました。私の背に隠れてください。化粧直しの部屋まで一緒に行きましょう」

ビンズが踵を返した。

「サブリナ嬢の笑った顔を早く見せてください」

サブリナが真っ赤な顔で、少し離れて立っているフェリアを睨む。

「ビンズ、サブリナの心細さが落ち着くまで、中庭でも散歩して気晴らしをしてあげて」

フェリアは、サブリナにニッと笑った。

サブリナのハンカチを持つ手がプルプルと震えている。

これは、後でサブリナに責められそうだとフェリアは肩を竦めてみせた。

一週間後。

支援要請。

それは、思わぬ国からだった。

「モディからだと？」

マクロンの問いかけにマーカスが再度口を開く。

「はい。モディからの支援要請が届きました」

そろそろ、ボロルの一行がダナンに到着する時期である。その知らせより先に、モディからの支援要請。

知らせの時差を考えれば、噴火から一カ月以上は確実に経っている。

「草原にポツンと成るモディは、先の魔獣暴走の件により、商団や行商人の往来がなくなり物資が入ってこない状況のようです。さらに、バルバロ山噴火による降灰があったようで、目と喉の薬が必要とも。どうやら、風向きが真西だったことでモディに降灰の影響が大きく出たのでしょう。草原暮らしの者らは移動できますが、モディはそうはいきませんから被害が出たのです」

マクロンの脳裏に三代前の王の日記が過る。状況が同じだからだ。

「こちらを」

マーカスが支援要請の記された文を、マクロンに差し出した。

『すでに、弟国より知らせがあったことでしょう。草原の東方バルバロ山が噴火しました。東の端にある山から、西方へと噴火による灰が降り注ぎ、草原は影響を受けております。目と喉の痛みによる被害、物資が届かないことへの困窮、緊急に支援を願う状況です。弟国にちょっかいを出した国への支援など腸が煮えくり返ることかもしれませんが、こちらは腹を括って乞いたい。目と喉の薬と物資の支援要請を。兄国の友好国へもお心遣い願いたく、切に乞う』

「どうなさいますか?」

マクロンの手が文にシワを作る。

「手を差し伸べんわけにはいくまい。わざわざ、弟国とミタンニを名指しし、三十年前のことを引き合いに出したのだ。あの時のようなことを起こすかもしれん」

ミタンニの人材を攫ったのは三十年前。

今回は状況からして物資を略奪しに南下してきてもおかしくない。文には、それこそひと言も記されていないが、モディ王の意図はわかる。

「確かに、その可能性を考えぬわけにはいきません。どちらかと言えば、大挙して避難してくる方が高くなりましょうか」

元々は、移動して暮らしていた民なのだ。腹を括って『モディから移動するぞ』弟国へ、支援要請に応じなければ。

ダナンに助けを乞う体にしているが、実際は脅しである。モディが欲する医術と物資の支援を、ミタンニを兄弟国とするダナンに迫っているのだ。

やはり、侮れぬ王だと、マクロンは思った。国を成した王の底力だろう。

ミタンニの復国がなければ、それこそ一蹴できた。……過去のダナンがボロルに対してしたように。

気味の悪い既視感に、マクロンは眉間にしわが寄った。

まさか、これで密売人でも接触してきたら……いや、ダナンが欲する物などあろうか？　マクロンは奇妙な感覚を振り払う。

「すぐに、フェリアに知らせよう」

31番邸まで足を運んだマクロンは、『ノア』の畑の前でしゃがみ込んでブツブツ何かを言っているフェリアの背後に回った。

「うーん、やっぱり、昨年のような収穫は見込めないわね。それでも、まだ育ったのだから良しとすればいいのかしら？」

フェリアは首を捻りながら、『ノア』をひと株ひと株確認している。

雑草のように、逞しく過酷な状況で育つのが『ノア』だ。

二年目の栽培には、苦心しながらも種の収穫はできるようだ。

「去年が異常だったってことは理解しているけれど、何か『ノア』には別の育成条件があるのだわ」

「難しいものなのだな」

「ええ、『ノア』だけじゃなくて、秘花だって同じ。植物にはそれぞれ違った育成の環境条件があるもの」

「ミタンニに渡った秘花の報告も楽しみだな」

「ええ！　ん？」

フェリアは声の主を見る。

「マクロン様ったら、もうっ！」

「相変わらず、フェリアは薬草に集中すると、周りが見えなくなるのだな。いつもは広い視野を持っているのに」

マクロンが、フェリアの手を取ってティーテーブルまで促す。

「ボロルが到着しましたか？」

予定にない突然のマクロンの訪問に、フェリアは何かあったのだと察する。

「いや、モディだ」

「え!?」

「これを見てくれ」

マクロンが、フェリアにモディからの文を見せる。

フェリアは目を通した文を再度読み返してから、マクロンを見た。

「脅しですわね」

「ああ」

しばし見つめ合い、マクロンは静かに頷いた。

口にはしたくないが要請を受けるとの頷きだ。

フェリアは目を閉じて悔しさを呑み込もうとする。

だが、頷けない。脅しに屈する他ないのかと、胸の奥が燻ってしまう。

「なんだか、悔しいですわね」

「ああ」

マクロンは簡易に返答した。それこそ、フェリアと同じで腹立たしく、悔しい思いに駆られているが、それを口にすればもっと腸が煮えくり返る感情になるだろう。

モディ王の文は、そんな感情さえも先んじた秀逸なものだった。

それは、モディ王もダナンからの先の親書で味わったことである。

『兄弟で国を発展させているダナンとミタンニと違い、たった一人の力だけで小さく治まるなんて、こぢんまりとしていて羨ましい限り』と送ったことに対するモディ王の仕返しのようなものだ。わざわざ、兄国、弟国と記しているのは。

噴火による影響で、窮地に立たされてもなお、そのような強固な姿勢を見せるモディ王の気質が窺える。

「……フェリアなら、どうする？」

手を差し伸べるしかないとわかっていても、何か対抗する案はないものか。マクロンもフェリア同様に脅しに屈したくないのだ。

「……」

いつもは妙案が浮かぶフェリアだが、流石にこれには反応できない。

マクロンとフェリアの間に静かな時が流れる。

「お茶をお持ちしました」

ケイトがティーテーブルにポットとカップを置いた。

コポコポと注がれるお茶と湯気を眺めながら、マクロンもフェリアも考えている。

「今日のお茶菓子は、イザベラ様からの頂き物です」

色々なお茶菓子がティーテーブルに並ぶ。

「ずいぶんと種類が多いな」

マクロンが、気晴らしにお茶菓子を摘まんで口に入れる。

「はい。祝い菓子の準備だそうで、王様と王妃様にもどれがお好きか訊いてほしいと頼まれたのです」

マクロンとフェリアの婚姻式でも祝い品は用意された。様々な趣向で、民や貴族ら、来賓にも配られた。売買になったが、サシェもその一環だ。

「ミタンニ王妃イザベラ名義で、祝い菓子を民に配るのね」

「はい、そのようです。なかなかミタンニへ出発できず、日持ちする菓子を検討しているようです」

予定では、すでにイザベラはミタンニに向かっていなければならないが、魔獣暴走やバルバロ山噴火で延期している。

ミタンニに向かうどころか、本来なら到着し婚姻式を行っていたはずだった。

フェリアも、ティーテーブルに置かれたお菓子に手を伸ばす。

「あら、飴まで？」

「道中で、子どもに飴を配るのも一案だとか」

フェリアは、イザベラの機転に感服した。

ダナンからミタンニまで遠い道のりになる。すでに王妃としての地位は確立しているが、嫁入りとしての道中になろう。花嫁が通っていく様を多くの民が目にする。

そこで、祝い菓子を配れば、祝賀ムードになることだろう。それこそ、華々しい花道だ。

「飴は日持ちもするし、配りやすいわね。飴は、喉にも……」

フェリアは飴玉を摘まんで見つめ、次第に口角が上がっていった。

「フフ、フフフフ」

「フェリア、どうした？　……何か閃いたのか？」

腸が煮えくり返るようなモディの支援要請に、悔しさを滲ませていたフェリアが、今は爛々とした瞳で笑っている。

「イザベラを出発させましょう、マクロン様」

「ほぉ？」

マクロンはフェリアの言葉を待つ。

「現状、噴火の影響はモディのみです。すでに、ミタンニには目と喉の薬は手配済みですし、魔獣も沈静化しましたから、イザベラを送り出せますわ。エミリオへはすぐに連絡して、出迎えの態勢を整えてもらいましょう」

「それで？」

マクロンが続きを促す。

「イザベラの嫁入りです。祝い品を配らないといけませんわ。道中だけでなく、ミタンニ復国に関わった国に配る名目で、モディにも贈ればいいのです。創始の忠臣を出した国、ミタンニの民を帰還させた国、モディは該当しますわね。祝い品ですもの、薬や物資でなく……喉飴とか、代用品でそれらしくできるのではないかしら？　フフ、フフフフ」

「なるほど！　確かに妙案だ」

フェリアは続ける。

「それから、第四騎士隊を警護としてつかせてください。ミタンニ王妃の道中ですもの、各国も騎士隊の越境を認めるでしょう。そして、魔獣が棲む草原に成るモディへの祝い品は、ダナン最強部隊である第四騎士隊で運べば安心ですね。ええ、ええ、もちろん危険な草原を行くのですから、フル装備でモディを脅し……フフ、私ったら言い間違えましたわ。ボルグにはもちろん『九尾魔獣の尻尾の鞭』を持たせてくださいましね。モディの城門前の草原でヒュンと一振りすれば、見通しの良い道も作ってあげられますし、モディが開門に手間取っていれば、ヒュンヒュンと二振りで城門は崩れ、コホン、開け放たれましょう。私ったら、モディに優しすぎるかしら？」

ダナン王妃フェリア、ここにあり。

周囲の近衛やお側騎士らはモディ王に同情した。

今のダナンに盾突くということは、一頭の獅子を相手にするのではなく、二頭の獅子に牙を剥かれることとなのだ。

フェリアと直に対峙することになったカルシュフォン王は、それを身に染みて理解していよう。モディ王は、マクロンとフェリアを知らなすぎる。

「流石、フェリアだ！」

あの内容を口にするフェリアに、平静でいられるのはマクロンぐらいだろう。

言い換えれば、祝い品を贈る名目で軍隊が出張るのだから。

「道中では、祝い品をモディにも運ぶのだと、大々的に触れ回ってくださいね。危険な草原に出張るために第四騎士隊なのですもの。攻め入られたなどと、モディが言い張りでもしたら大変ですわ。誤解されそうなことは、根回しが必要です。フフ、フフフ……目と喉の薬の代用品は、目の覚めるお茶と喉飴がよろしいでしょう。それから、物資は鎌と鍬を。開墾を学べば、食料の心配がなくなりますもの。第四騎士隊は、31番邸で鎌や鍬の使い方を習得しておりますから、指南できましょう。もちろん、指南期間中の食料を持参すれば、モディが切に乞うた状況が改善しますわ。もう、これは一石二鳥ならぬ、一石で何羽の鳥となりましょう？」

フェリアは小首を可愛らしげに傾げる。

ダナン王妃恐るべし。

周囲の近衛やお側騎士らは、身震いした。

流石にマクロンもフェリアを諫めるだろう。

「フェリア、鎌と鍬だけでは植物は育たないぞ」

「あら、嫌だわ、私ったら。もちろん、種も贈らなくてはなりませんわね」

二人の会話に、周囲の者らは半眼になって達観した。

「コホン、では、そのように手配致しましょう」

控えていたマーカスが口を挟む。

「そうね。私ったら、ほんのちょっとだけ口が滑らかになってしまったわ」

「そうだな。少しばかりの仕返しに留めておこう」

モディへの対処は決まった。残るはボロルである。

6 良かれと思って

三日後、ボロル国末の王弟と使者が王都に入る。

その二日後に面会の予定が組まれ、決戦の火蓋が切られた。


「シルヴィアは今離宮なのだ」

マクロンは、ボロル国末の王弟と使者に伝える。

「長旅で療養が必要な状態だったからな」

マクロンは笑みを浮かべたまま、末の王弟に顔を向けた。怒りを秘めた笑みほど、怖いものはない。

末の王弟が頬を引きつらせる。曖昧に笑んで、軽く目礼して留めた。

「それで、離縁は成立しているが、シルヴィアに何用だ？」

そこで使者がスッと前に出た。

「国家間の婚姻です。離縁が成されれば、シルヴィア様の過ぎた言動に対する慰謝料をこちらは請求することになりましょう。ですが、互いに冷静になり、元通りとなれば慰謝料は発生致しません。ここは、穏便に丸く収めるのがよろしいかと存じます」

やはり、有責がシルヴィアにあると口にしてきたか、とマクロンは内心で思った。

「過ぎた言動とは？　言葉尻に慰謝料が発生するなら、そこら中慰謝料だらけになるぞ」

マクロンは鼻で笑う。

「それを明確に口にしてもよろしいので？　シルヴィア様の名誉に関わるかと思います」

使者がすぐさま返答する。

「ボロルでは、妄想に慰謝料が発生するのだな。これが、公になって笑われるのはそちらの方だと我は思うのだが……ゴラゾン伯、どう思う？」

さてさて、王間にはブッチーニ侯爵とゴラゾン伯爵がいる。

「私は日々フッサフサを妄想しております。付け髪を外した潔さに喝采する者と……心を抉るような視線とヒソヒソ、私も慰謝料を請求できましょうか？」

マクロンとブッチーニ侯爵、ゴラゾン伯爵は顔を見合わせ豪快に笑う。

ボロルの使者も負けじとなんとか口角を上げて笑んだ。

「これは、互いに公にしても意味がないことになりましょう。双方が傷を抉るようなもので、世間一般にはヒソヒソされるでしょうから」

マクロンは、ボロルの使者に感服する。素晴らしい返しを披露してくれた。

おかしなものだが、ワクワクとした感情が生まれる。これを、フェリアは難問の度に味わっているのかと、マクロンも心が躍った。

シルヴィアは妄想のナイトと浮気をし、離縁することになる。

ボロル国末の王弟は、妄想のナイト相手に憤慨し離縁まで言い渡し、慰謝料請求をする。

どっちもどっちだ。使者はそれを指摘した。

「冷静な話し合いで、互いに矛を収めれば問題解決になりましょう」

「そうだな……」

マクロンは顎を擦りながら、思案する顔をしてみせる。

ボロルの使者が良い流れになったと感じ取ったのだろう。穏やかに笑んで大きく頷く。

「ジョージ様は、最愛の妻を追ってきたのですよね？」

ボロルの使者が末の王弟ジョージに発言を促した。

ジョージが、『恥ずかしながら、そうです』と告げた。

ボロルの使者が満足げに頷く。

「今回は、痴話喧嘩と致しましょう。拗ねて母国に帰ったシルヴィア様を、ジョージ様が遠路はるばる迎えにやってきました。夫婦喧嘩は犬も食わないと申します。きっと、周りは微笑ましく思うばかり」

ボロルの使者が頬を緩めてマクロンに視線を送った。

「なるほど……」

マクロンはここでも間を置く。

ボロルの使者が最後の一押しだと言わんばかりに続ける。

「喧嘩両成敗がよろしいかと。互いに思いの丈をぶつけた後は、吐き出し終えたまっさらな状態とも言えましょう。そこからは、決裂でなく、再出発が正しい道ではありませんか？」

「そうか……」

マクロンはボロルの使者に笑みを向けた。

ボロルの使者がホッとした表情で、マクロンの決定を待っている。

「まっさらな状態で、再出発でいいと言うのだな？」

「はい！　ジョージ様もよろしいですよね？」

マクロンとボロルの使者がジョージに視線を移す。

「もちろんです！」

大した発言をしてこなかったわりに、ジョージは最後の返事だけ良かった。

マクロンは、ブッチーニ侯爵とゴラゾン伯爵に目配せする。

「離縁にご納得し、まっさらな状態になり、再出発で愛しのシルヴィア様に会われるとは、なんという心意気でしょうか！　私の付け髪を外した潔さなど、かすんでしまいましょう」

「はい？」

ボロルの使者にゴラゾン伯爵の発言を理解する間を与えず、ブッチーニ侯爵が間髪入れずに口を開く。

「若い方は良いですなあ。離縁した後、もう一度縁を結ぶため恋に落ちてもらおうなど、老いた私では到底挑めません。ジョージ様の再出発を応援致しましょう」

「へ？」

ジョージが口を半開きにして固まった。

「お、お待ちください！」

ボロルの使者が慌て出す。

だが、マクロンは待つなどしない。

「二人の発言は、ブッチーニ侯とゴラゾン伯が証人となっている。『まっさらな状態で再出発』を了承した旨、確かに聞いたな？」

マクロンは、ブッチーニ侯爵とゴラゾン伯爵に視線を移した。

「はい！　この耳でしかと聞きました」

ゴラゾン伯爵が軽妙に返す。

「離縁したまっさらな状態で再出発、つまりは慰謝料などまっさらで良いとのことでもありましょう」

　ブッチーニ侯爵もここぞとばかりに付け加えた。

「そ、そういう意味ではありません！」

　使者が主張する。

「何？　我はジョージ公の心意気に感服していたのだぞ。離縁に応じ、まっさらな状態で、シルヴィアの心を掴んでみせる。再度縁を結び、再出発を果たそうと意気込む。稀に見る深い愛だと感心したのに」

　マクロンはボロルの使者でなく、ジョージに向けて言った。

　ジョージはマクロンの視線から逃げるように、ボロルの使者を窺う。

「ジョージ様は、シルヴィア様の過ぎた言動に言い返したことで、このような状況になったと、言葉をすぐ出すことに慎重なのです。私の言動を誤解なさったようですが、まっさらなとは」

「いや、誤解でなく言質は取った」

　マクロンはボロルの使者の発言を遮った。

　ボロルの使者が、悔しそうに唇の端を噛む。

「何も、離縁は成立したから早々に帰れとは言っていない。シルヴィアとの面会は十分に納得いくまでするがいい。ダナン滞在の許可は出す。だが、離宮に行けるのはジョージ公のみだ」

「それは、どういう」

「意味かと問われれば、シルヴィアの心を掴んでみよ、さすれば元通りではないのか。使者のそちは、本国に……いや、ジョージ公のご母堂に報告に戻ってはどうだ？」

　またも、マクロンはボロルの使者の言葉を遮って言った。

　それから、マクロンはジョージを見て、苦笑する。

「『恥ずかしながら、そうです』『もちろんです！』『へ？』ジョージ公が発したのはこれだけだ。他に言うことはなかったのか？　シルヴィアはジョージ公と違い、輿入れ三年、成婚五年の八年間を大いに語ってくれたのだが」

　ジョージが俯いた。

　マクロンはため息をついた。

「それとも、帰国するか？」

　ジョージが顔を上げる。

　肌艶良く、フワッフワな柔らかな髪は手入れされている輝きがある。シルヴィアが全身くたびれてダナンに帰国したのに対し、このジョージはなんと健康的かと、マクロンは内心で皮肉る。

　シルヴィアより五つ上、マクロンより二つ下の二十八歳の面立ちにしては、いささか幼い雰囲気を醸し出しており、一見したら天使を思わせるような見目麗しさだ。

そのジョージが、ムッと口を閉じながらも、嫌だ、嫌だと言わんばかりに首を横に振り出した。

ジョージがやっと口を開く。

「いえ、帰りません。シルヴィアに会わせてください。僕はシルヴィアを愛しています！」

マクロンはジョージの真剣な言葉と、強い視線に感心する。

「『ママン』と僕に謝れば、また一緒に暮らすことを許すと、あんなに酷い姑いびりをされた『ママン』が言いました。シルヴィアも僕を深く愛しているので、頭を下げてボロルに帰らせてくださいと懇願するはずです」

さっきの感心は一瞬で消え去った。

マクロンのこめかみに青筋が立つ。

ゴラゾン伯爵はポカンと口を開けている。

ブッチーニ侯爵に至っては、ジョージを理解不能とばかりに眉間に人差し指を押し当てて首を小さく横に振った。

そして、ボロルの使者は肩を落として……『だから、話すなと言ったのに』と呟くのが聞こえた。

フェリアは、離宮のサロンで優雅(ゆうが)にお茶を嗜(たしな)んでいる。

モディへの対処が決まった後に、近々到着(とうちゃく)するだろうボロルに対処すべく、数日前からシルヴィアのいる離宮に滞在していた。

身重のシルヴィアを動かせないからだ。

窓辺に、伝鳥が飛来する。

ゾッドが窓を開け、種を与えた後、伝鳥の足下(あしもと)の管から文を取り出して確認(かくにん)した。


『予定通り。明日そちらに向かわせる』


「王様から、予定通りだとのことです」

ゾッドがフェリアに文を見せる。

フェリアは頷いてから、お茶会を一緒に楽しんでいる者らを見回す。

「シルヴィア、良いわね？」

「はい、姉上様。心強い味方のおかげで、旦那(だんな)様、いいえ、ジョージ様をお迎えできますわ」

シルヴィアの顔色は良くなり、髪にも艶めきが戻っている。ふくよかになった全体は、ソフィア貴人が仕立て直したドレスで見た目にはわからないだろう。

たおやかな貴婦人となったシルヴィアである。

フェリアは、ソフィア貴人に視線を向けた。

「『マーマ』はできますわね？」

フェリアの確認に、ソフィア貴人がフンと鼻を鳴らす。

「当たり前じゃ、わらわは『ママン』よりも手強いこと見せて進ぜようぇ」

「それは、楽しみの極みね」

フェリアは次に、ミミリーを見る。

「心の準備はできまして？」

「リア姉様、ヴィーお姉様、私の真骨頂をご覧くださいませ」

ミミリーの意気込みに、フェリアは満面の笑みで例の箱を差し出す。

ミミリーが箱を手にし、ゴクンと喉を鳴らした。以前、その箱にはミミズが入っていたのだ。

そして、フェリアはシルヴィアの背後に控えるお側騎士に目配せした。

「お任せを。我らカルテット騎士が、シルヴィア様のナイトとして侍ります」

次はケイトだ。

「先陣を切ってね」

「かしこまりました」

ケイトが胸を張る。

フェリアは最後に、皆と顔を見合わせる。

「私の元義弟をお迎えしてね。『良かれと思っての歓待』ですもの『悪気なんてないわ』。そうよね？」

皆がニンマリと笑って応えた。

翌日、離宮の温室でジョージがシルヴィアと面会する。

「シルヴィア？」

ジョージが艶めき放ったシルヴィアに目を見開いた。

「ジョージ様、遠路はるばるよくダナンまでお越しになられました」

シルヴィアがスッと立ち上がって軽く会釈した。

「離縁した私に何用ですの？」

ジョージがムッとして、シルヴィアを睨んだ。

「僕と一緒にボロルに帰るよ！　『ママン』に謝れば屋敷に戻れるから。わかるよね、離縁などと大事にしてはいけない。いつ謝ってくるかと『ママン』と待っていたのに、出奔し母国にまで戻って、こんな嫌がらせのようなことを君がするなんて考えられないよ」

ジョージがシルヴィアの元にズンズンと進み、手を伸ばす。

しかし、カルテット騎士がそれを阻んだ。

「お前ら、何者だよ!?　邪魔をするな、僕はボロルの王弟であるぞ！」

ゾッドがスッと前に出て、胸に手を当てながら頭を下げる。

「シルヴィア姫様の騎士ゾッドでございます」

「は？　姫？　騎士？」

「離縁してダナンに戻られたのですから、公女、つまり、姫とお称えしお仕えするのが我らカルテット騎士でございます」

ゾッドもなかなかにやるものだ。

お側騎士四人が、胸に手を当て軽く会釈した。ジョージにではなく、シルヴィアに。

「シルヴィア姫様、長くお立ちになると、ボロルからダナンまでナイトもつかせてもらえず進んだおみ足が、不憫でございます。どうか、お座りに」

ゾッドに続き、セオが姫の騎士を見事に披露した。

皆、ノリノリである。

ジョージが、目を白黒させている。

そこに、優雅にソフィア貴人が現れた。

「なんえ、この者は？」

ソフィア貴人がわざとらしく大げさに、手首を返し扇子でジョージを指した。

ジョージが、ソフィア貴人を見てギョッとする。

今日のソフィア貴人は、最大級に派手なのだ。

「『マーマ』、こちらは元夫のジョージ様ですわ」

シルヴィアの紹介に、ソフィア貴人が目を細めてジョージを見つめた。

「な、なんです？」

ジョージが怯む。

「フン」

ソフィア貴人が鼻で笑う。

「挨拶もなしかえ、元義理の息子殿」

ジョージがアッと声を漏らす。

ジョージは、一度だけソフィア貴人に会ったことがあるのだ。輿入れが決まり、シルヴィアを迎えにダナン王城に来た時に。

「お、お久しぶりです。義母上様」

ソフィア貴人がジョージの挨拶に怪訝そうな顔を見せる。

「何を言う？　わらわは、そちの義母ではないぇ。離縁は成立したとシルヴィアには聞いておる。もっとまともな挨拶ができぬか？　名乗りもせぬとは、そちの親の顔が見てみたいものよ」

ジョージが怒りと恥ずかしさで唇を噛み、身を震わせている。

「『ボロル国末の王弟ジョージにございます』、たった一文もその口は紡げぬか？　ほれ、言うてみよ」

またもや、これ見よがしに手首を返した扇子でジョージに詰め寄った。

流石はソフィア貴人である。

「……ボロルから参りました。シルヴィアの夫ジョージです」

ジョージが、ソフィア貴人の例文をそのまま言うのを拒み名乗る。

「シルヴィアの『元』夫殿か。ジョージ公よ、ほんに、久しいのぉ」

ソフィア貴人がスカートを摘まんで膝を折った。それはそれは軽くあしらうように、ちょびっとだけで素早く。瞬く間もなくの早業で。

「『マーマ』、姉上様からお茶をいただいたわ。ジョージ様もどうぞ」

シルヴィアが着席を促した。

ジョージはすぐに座る。

ソフィア貴人が半眼になって、ジョージの横で見下ろした。

「年配者より先に座るのかぇ。お里が知れるのぉ」

ジョージがハッとするが、もう遅い。

すぐに、お側騎士がソフィア貴人の椅子を引いた。

「流石、シルヴィアを守るナイトよのぉ。わらわも安心して四人に託せるぇ」

ソフィア貴人が、騎士の方に向けて言うのではなく、ジョージの方を向いて言った。

またもや、ジョージは悔しさと恥ずかしさで、身を震わせている。

「王妃様はお仕事かぇ？」

ジョージのことなど気にも留めず、ソフィア貴人が侍女のケイトに訊いた。

「はい。政務を片付けております。ジョージ様とのご面談は、手が空いてからとのこと。王妃様は、ジョージ様の来訪に、特別なお茶をご用意なされました」

ケイトが、ティーポットとカップを三セットテーブルに置き、お茶を淹れる。

シルヴィアのお茶は妊婦専用のもの。ソフィア貴人には薬草茶。ジョージには……例の目の覚めるお茶、濃度三倍のものを。

「再会を祝して」

シルヴィアがカップを手に持った。

皆が、カップに口をつける。

「ブッホォッ」

盛大にジョージが噴き出す。

「ゴホッ、ケホッ、ハァハァ、なんだこれは！　茶葉が腐っているのか!?　酸っぱいぞ!!」

ジョージがケイトに怒声を浴びせた。

「申し訳ありません！　王妃様が、長旅で疲労が溜まっているジョージ様にと、体が爽快になり目の覚める特製茶を調合したのです。まさか、酸っぱい物が苦手だなどと思いもしませんでした。『王妃様に悪気はないのです。良かれと思って準備なさった』歓迎のお茶ですので」

ケイトの台詞が見事決まった。

「……そ、そうなのか。そ、それは、失礼した」

ジョージが唇を震わせながら言った。

「オホホホ、酸っぱい物が苦手とは、可愛らしいのぉ」

ソフィア貴人がジョージに微笑む。

「苦い物も苦手かぇ？　そうじゃ、飴玉でも持ってこりゃ」

「いえ！」

「かしこまりました」

断ろうとするジョージだったが、ケイトの方が素早かった。

「それで？」

ソフィア貴人がジョージに簡潔に問うた。

ジョージが一度、大きく深呼吸してから口を開く。

「シルヴィア、一緒にボロルに帰ろうよ。謝って、また、皆で仲良く暮らそう。わかるよね？」

「全く、わかりませんわ」

シルヴィアが即答する。

「シルヴィア！」

バサッ

またも、声を荒らげそうになるジョージをたしなめるように、ソフィア貴人が扇子を勢いよく開いた。

「ジョージ公の耳は、左右に貫通しておるのかぇ？　離縁は成立しておる。離縁状を渡したのはそちじゃ。そんなつもりはなかったとは申すな。……もし、脅しに離縁状を使ったなら、わらわは黙ってないぇ」

ジョージが押し黙った。きっと、離縁状は『ママン』に言われた通りにしただけなのだろう。

反撃したシルヴィアを大人しくさせるために。

「ジョージ公、いくらでも離宮に滞在するがいいぇ。過去の縁になったが、また新たに縁を結びたいのなら、そち次第じゃ」

ソフィア貴人が静かに薬草茶に口をつけた。

そこからは、ジョージがムッと口を噤んだまま、シルヴィアを見つめるお茶会となった。


翌日も、暖かな温室でシルヴィアは体を冷やすことなく、フェリアが調合した特製のお茶を嗜んでいる。

色鮮やかな花がシルヴィアの心を癒やしていた。

「ヴィーお姉様はどんな刺繍を?」

ミミリーが訊いた。

今日のお茶会の相手はミミリーである。

二人は、淑女の嗜みである刺繍に勤しんでいた。

シルヴィアが、柔らかな肌触りの布を広げてミミリーに見せる。

「まあ、可愛らしい」

赤子のために用意した御包(おくる)みには星の刺繍が散りばめられている。

「ミミリーの刺繍は？」

シルヴィアがミミリーの手元を見る。

「私は、丸太を」

「はい？」

シルヴィアが目を瞬(しばた)いた。

「ウフフフフ」

ミミリーが嬉(うれ)しそうに笑う。

「何やら、二人に通ずる刺繍なのですね？」

「はい！」

シルヴィアとミミリーが笑い合う。とても和(なご)やかな雰囲気だ。

そこに、今日も登場のジョージである。

もちろん、カルテット騎士とミミリーの警護の騎士が、ジョージとの間を一旦(いったん)阻む。

ジョージが今日も今日とてムッとした表情になった。表情を取(と)り繕(つくろ)うことを知らぬようだ。

「こんなに男を侍らせて、恥ずかしくはないのかい？」

その言葉に反応するのは、シルヴィアではない。

ミミリーの瞳からブワッと涙が溢れ出す。

「見ず知らずの方から叱責されてしまいましたわ。ヴィーお姉様、どうしましょう。私、私……騎士を頼ってはいけないみたい。どうしましょう。グズッ」

流石はミミリー。淑女の嗜みである涙を自在に操ってみせる。

シルヴィアがミミリーの背を撫でながら口を開く。

「王弟の婚約者に警護の騎士をつかせぬなど、もっての外よ。危険極まりないわ。ごめんなさい、この方は……私の元夫ですの」

ミミリーが睫毛に滴をつけた大きな瞳で、ジョージを見やる。

「まあ、この方が……」

ジョージがばつが悪そうに軽く会釈した。

「ジョージ様、昨日『マーマ』から教わったのに、なぜ名乗らぬのです?」

シルヴィアがジョージに言った。

「クッ、……ボロル国末の王弟ジョージです」

渋々といった感じで、ジョージが名乗った。

ミミリーがスッと立ち上がる。

「私、ダナン国王弟ジルハン様の婚約者であり、ダナン貴族ブッチーニ侯爵が娘ミミリーですわ」

スカートを摘まんで膝を折るミミリーは、ゆっくり顔を上げてジョージに微笑む。

ジョージは気分が良くなった。ダナンに来て今まで、微笑みを向けられなかったからだ。

ボロルの屋敷ではいつも皆がジョージに笑みを向けるのに。

「私は、これから王弟の妻になりますが、ヴィーお姉様は王弟の妻をおやめに、いえ、ご返納されたのですわね！」

ミミリーは、それはそれは爽快に言い放った。

ミミリーに向けていたジョージの笑みがピキリと固まる。

「ダナン国王弟ジルハンは私の弟ですわ。ミミリーは私の可愛い義妹となるのです。ジョージ様ご理解されまして？」

シルヴィアがジョージに教えた。

「あ、ああ……もちろんだよ」

さて、お茶会は始まったばかりだ。

「王弟の婚約者である私を守る騎士の皆さん、ごめんなさい。私は騎士に守られるほどの人物ではないと、ジョージ様がおっしゃったわ。初見で私の力量を、そう判断なさったの。初めて会った方なのに、私は不出来の烙印を押されたみたい。だから、離れてくれる？」

ミミリーが眉尻を下げながら言った。

騎士らが『とんでもない』とミミリーに跪く。

ジョージは『あ、いや、その』とオロオロとするばかり。

そこで、ゾッドがシルヴィアとミミリーに向かって口を開く。

「姫様方、どうか、我らを小石とでもお思いになってください。身の危険を感じたら、小石を放てばいいのです。『恋し』の姫様方をお守りできるなら『小石』も本望にございますから」

ゾッドが凄い。

「ジョージ様、我らは小石にございます。姫様方の細腕で身を守る時に、唯一攻撃できる一石にございますれば、どうかご容赦を」

ジョージが喉を詰まらせる。言葉は発せず、コクンと頷いた。

「良かったわ。剣も盾も持たぬ、非力な私たちは、騎士に頼るしかありませんもの」

ミミリーがニコッと微笑む。

「そうですわね。……ナイトに頼りたいですわ」

シルヴィアが力なく言葉を溢した。

「そういえば、ヴィーお姉様にボロルの騎士はおりませんの？」

ミミリーが小首を傾げた。

「それは……」

シルヴィアがチラリとジョージを見る。

ジョージはいたたまれなくなり、コホンと咳払いした。

「あら、お咳が出るなんていけませんわ。ジョージ様、お茶でも」

ミミリーがお茶を促す。

ジョージは急場がしのげてホッとした。

そこで、ケイトがティーポットとカップをテーブルに置いた。

ジョージがビクッと反応する。昨日の目の覚めるお茶を思い出したのだろう。一難去ってまた一難だろうか、ジョージがケイトの淹れるお茶を疑り深く見つめる。

「本日は、蜂蜜紅茶でございます」

ジョージがあからさまにホッとひと息つく。

「『マーマ』が昨日のうちに、ジョージ様のお口に合うものをと取り寄せたのです」

シルヴィアがジョージに向けて言った。

「……あ、ああ」

ミミリーがジョージを不思議そうに見る。

「えっと？」

「『お礼をお伝えください』と、ボロルでは返答しないのですね」

ミミリーに指摘され、またもジョージは喉を詰まらせる。

シルヴィアが、ジョージに残念な視線を向けた。

「れ、礼を、つ、伝えてほしぃ」

モゴモゴとハッキリしない声でジョージが告げる。

「かしこまりました」

シルヴィアの代わりにケイトが答えた。

お茶会は続く。

「そういえば、ジョージ様、花冠は作れますの？」

「花冠ですか？」

質問の意図がわからず、ジョージはキョトンとした。

ミミリーが刺繍を施したハンカチを開いて見せる。

「次の夜会では、シルクのハンカチと花冠を交換するのですわ。淑女はシルクのハンカチに刺繍をしてお相手に贈る。紳士は花冠をお返しにしてお相手の頭に載せる。そして、エスコートされてダンスをするのです」

ミミリーが両手を組み、うっとりしながら言った。

「前回はリボン舞踏会で、次回は花冠舞踏会ですの。皆、準備をしておりますわ」

花冠舞踏会を、イザベラ出発の壮行会にと予定していた。

ジョージがシルヴィアの手元を見る。

シルクではない布に、ジョージの目が厳しくなる。

「シルヴィアは、僕に準備しないのかい？」

「離縁して帰国した公女が、早々に夜会などに出席できるとでも？　準備など、必要ありませんわ」

「また、夫婦になり一緒に参加すればいいだけだよ」

ジョージがシルヴィアに笑って言った。

やっと、本望を口にできる展開になり、ジョージが誇らしげな表情になる。

「謹んでお断り致しますわ」

その返答に、ジョージから笑みが消え、ジッとシルヴィアを睨み付けた。

「まっさらな再出発をお約束したと聞きましたが、あまりに早急かつ短絡的ではありませんこと？　私、出戻ってからとても心安らかに過ごせております。ボロルでの苦悩や境遇が嘘のように。嫌なことを内に留めるような生活はもうこりごり、私の中は満たされておりますわ」

シルヴィアが、お腹に優しく手を触れながら言った。

「あんなに、『ママン』に良くしてもらっていたのにかい!?」

「それは、義母上様の言い分でしょう。私の訴えはジョージ様の頭の中に残ってないのですね！　いえ、私の言い分など頭に入る以前に、右耳から左耳へと流れるだけでしたわ!!

『ボロルでの苦悩や境遇が嘘のように』と私は言いました！　聞こえていましたの⁉」

シルヴィアの語尾が強くなり、荒い呼吸になっていく。

「ヴィーお姉様、落ち着いてくださいまし。王妃様のお茶を飲んで深呼吸しましょう」

ミミリーが心痛の出たジルハンにするように、シルヴィアの背を優しく擦った。

「ジョージ様、しばし退席くださいまし」

ミミリーが強めにジョージを促す。

ジョージが両手でテーブルをドンと叩いた。

騎士がいっせいに、シルヴィアとミミリーの盾になる。

数人が剣の柄に手を置いている。

「一石を投じますか、姫様方？」

ゾッドが、ジョージを睨み付けながら言った。

「ぶぶ、無礼で、ああ、あろう！」

ジョージの足が小刻みに震えている。

「粗野な行動で、ヴィーお姉様を脅すのは無礼ではないの？」

ミミリーが応戦した。

ジョージが唇を噛みながら後退る。

騎士らはまだジョージに対して、警戒を解いていない。臨戦態勢である。

「ジョージ様の態度は、再出発を願うようには見えないわ。ヴィーお姉様に嫌われたいかのよう！」

ジョージが首を横に振る。

「違う、違うっ！　僕はシルヴィアを愛しているんだ！　だから」

ジョージはこんな状況でも自分本位である。

「退席くださいまし。それとも、私が一石投じましょうか？」

ミミリーが毅然として言い放った。チラリと警護の騎士を見る。

ジリッと騎士が動く。

「っ、わかったよ」

騎士の気迫に対峙できずに、ジョージが踵を返したのだった。

サロンで項垂れるジョージの元に、ミミリーがやってくる。

「ジョージ様、ヴィーお姉様は落ち着かれお昼寝をしておりますわ。私、先ほどは言いすぎてしまいました」

ミミリーがジョージに頭を下げる。

「そ、そうだろう。僕は、そこまで悪くないよ」

ミミリーがニッコリ笑んだ。

「ジョージ様はヴィーお姉様と、まっさらな再出発を願っておられるとか？」

「まあ、そうなってしまったよ」

ミミリーがコクンと頷き、背後に控えている侍女に目配せした。

侍女が、静々と木箱をミミリーに渡す。

「こちらを、先ほどのご無礼の謝罪に。そして、まっさらから始めたいジョージ様のためにご用意致しましたわ」

どうぞ、とミミリーが木箱を差し出した。

ジョージが木箱を受け取る。

「ヴィーお姉様に内緒で、応援の品を贈るので、お部屋にて開けてくださいね」

ミミリーが人差し指を口に当てながら、軽くウィンクしてみせる。

「そ、そうか。応援の品か。遠慮なくいただくよ。じゃあ、早速」

ジョージが階段を上り、客間へと向かった。

「……あの方、またお礼を言わなかったわ」

ミミリーは、ジョージが階段を上りきったのを見計らって言った。

そして、クスッと笑う。

ジョージは部屋に入ると、躊躇なく木箱を開けた。

うにょ、はむ
うにょうにょ、はむはむ
うにょうにょうにょ、はむはむはむ

蚕が桑の葉を美味しそうに食んでいた。

ぎゃあぁぁぁぁぁぁ――――！

フェリアは、離宮の私室でその悲鳴を聞いた。

「これはまた、とんでもない声ですな」

元近衛隊長改め番長が、苦笑している。

フェリアのお側騎士は、シルヴィアのカルテット騎士として控えているため、その代わりに元近衛隊長だった番長がフェリアの警護についたのだ。

お側騎士以外の王妃近衛も順繰りでフェリアの警護についている。

「王妃様は、全く動じませんな。もしや、仕込みは」

「私に決まっているじゃないの。フフ、フフフフ」

フェリアはイタズラ顔で笑う。

「なんの悲鳴か、お教え願えませんか？　私も一枚噛みたいのですが」

番長がニヤッと笑って言った。

「ジョージ公に、贈り物をしたのよ」

「ほぉ、それで悲鳴がこだますると？」

「どんな贈り物か、当ててみて」

フェリアはワクワクしながら、番長に問題を出した。

「私も、シルヴィア様の告白は耳に入りました。うーん、ミミズかミミズクか、いや、ミミズクは贈る時に丸わかりですし、首折れ鶏（にわとり）？」

フェリアはプププッと笑う。

「木箱に入った蚕よ。桑の葉も入っているわ。ミミリーはね、『悪気なんてなく良かれと思って贈った』の。だって、次回の夜会では刺繍入りの『シルク』のハンカチと花冠の交換が行われるって、会話をしたはず。まっさらな再出発となったジョージ公へ、一から始めるためにと、絹糸の元を贈って差し上げた」

フェリアは、番長に『わかる？』と首を傾げる。

「なるほど、なるほど、シルヴィア様に『一から作ったこのハンカチに私を思い刺繍を施してくれ』と乞えば、シルヴィア様もお心を動かすかもしれない。養蚕から始めて、自身で糸を紡ぎ、シルクのハンカチを作ってもらうために心を込めて『悪気なんてなく良かれと思って贈った』わけですな」

「流石、番長。話が早いわ」

「なんと、秀逸。巧妙な仕込みですな」

フェリアと番長は笑い合った。

遠くから、騒がしいやり取りが聞こえてくる。

フェリアと番長は、口に手を当て耳を澄ました。


どれどれ……。


「嫁御は、そちのまっさらな再出発という心意気を信じ、養蚕から始めてシルクのハンカチを作ってはどうかと、応援の品を贈ったのじゃ！　蚕を見てなぜ気づけぬ!?　『悪気などあるはずなかろうに！　良かれと思って贈った』嫁御を責めおってぇぇ！」

ソフィア貴人の声が響き渡る。

「『義マーマ』、私の贈り物がいけなかったのですわ！　どうか、どうか、お怒りを鎮めてくださいまし！　ジョージ様にはお着替えが必要です。蚕がお嫌いなのです。蚕の口から吐き出された繭で作るシルクの服など、ジョージ様には耐えがたい苦しみ。肌触りの良い木綿服を準備して差し上げて。ジョージ様の感覚ではシルクの服は全身蚕まみれだと錯覚してしまうわ。早く、早く！　赤子が着るような肌触りの良い木綿服を！」

ミミリーもソフィア貴人に負けじと発した。


……ほおほお。


フェリアと番長は両手で口を押さえるしかなかった。

ミミリーの真骨頂、見事拝聴できた。

「プッ、ププッ、私が仕込んだのは蚕だけよ。最後の台詞こそ巧妙ね。蚕の口から吐き出された……駄目、お腹が痛いわ」

「クッ、ククッ、私も最初から一枚噛みたかったですぞ」

フェリアは涙を拭いて大きく息を吐き出した。

「でも、これをシルヴィアは八年もやり過ごしてきたのね」

今、ジョージが周りに誰一人として援軍がいない状態と同じく、シルヴィアは孤軍奮闘していたのだろう。

「まだ、音を上げてほしくないわね。私への苦情はいっさい受け付けないわ。八年をたったの数日でご破算にはできないもの」

　翌日、ジョージの衣装が木綿服になったのは、言うまでもない。

　フェリアが、離宮で仕込みを展開させていた頃、ダナン王城では密かに戻ってきた者が、X倉庫でマクロンと会していた。

「内情を調べるにしては、随分と遅かったな、ペレ。ボロルへの対処は、すでに終わっているぞ」

　マクロンの苦言に、ボロルの内情を探るため出張っていたペレが頭を下げる。

「王様、帰国が遅くなり申し訳ありません。ボロルだけに留まらず、きな臭い動きを察知し……隠れ村まで足を運んでおりましたので」

「隠れ村……ミタンニ周辺、無法地帯のか？」

　マクロンの言葉にペレが頷く。

　アルファルド以北、ミタンニやカルシュフォン周辺は国境線が曖昧な都市国家が点在しており、国家間は無法地帯だ。

その無法地帯にいくつかの隠れ村があり、ダナンはそのうちの行商人らが立ち寄る補給村に便り所を設置している。

「草原の噴火も耳にしましたぞ」

隠れ村まで足を延ばしたなら、草原の情報も身近であったわけだ。ミタンニにも寄ったことだろう。

「その件で、モディから支援要請があった」

マクロンはモディからの文をペレに見せた。

「ペレが不在時に色々あったのだ」

マクロンはここ三カ月の状況を大まかに説明した。

シルヴィアの離縁と懐妊。行商人の南下と新規事業。噴火の影響とモディの支援要請。

イザベラの出立予定。ジョージとボロルの使者。

「盛りだくさんでしたな」

「まあな。今度はペレの報告を」

「かしこまりました。順を追って報告致します」

ペレが大きく息を吸い込んだ。

どうやら、長い話になりそうだ。

「まずは、ボロル国末の王弟ジョージ様のお屋敷事情について……」

ペレは近道を使い、ダナンからボロルに向かった使者よりも早く、国境の町に到着した。

足止めはあったものの、入国をし王都に向かうと、すぐに屋敷の調査を始める。

屋敷を仕切っているのは、『ママン』ことジョージの母親であり先王の側室。

シルヴィアに一切の権限はなく、護衛の騎士も『ママン』によって却下されていた。

そのせいで、輿入れ期間も成婚後もシルヴィアの行動範囲は限られていたそうだ。

さらに、嫁いびりが日常的だったこと、随行していた侍女のうち二名は屋敷の情勢に感化され、早々に『ママン』に侍った。

そして、シルヴィアにはたった一人の侍女だけとなったのだ。

「……以上が大まかなお屋敷事情になります」

シルヴィアから聞いた通りだったわけだ。

「とんでもない侍女だな」

マクロンは苦々しげに言った。

「ダナンから騎士の随行もなく、『ママン』が力を持つ状況下では、シルヴィア様の分が悪いと思ったのでしょうな。ソフィア貴人様に悪感情を抱いていた前女官長サリーが選んだ忠誠心のない侍女ですから、屋敷の中でどう自分の立場を確立していくか……答えは『ママン』につくとなりましょう。侍女の懐を少しばかり潤したら、軽い口から色々聞けました」

ペレはそこでひと息つき、侍女から入手したその他の情報を口にする。

ボロル国末の王弟ジョージは、王族としての地位は低いのだが、社交界ではちやほやされているという。いや、ボロルの貴族はジョージをおだて『ママン』の気を良くしていたと言った方が正しい。

「ボロルは鎖国に近い閉鎖的な国です。物資の調達が要であり、権力にもなります。『ママン』のボロルでの地位は、先王の側室というより、物資に関して強い立場にあったようです」

「商団でも率いていたのか？」

「はい、『ママン』の実家は表だって商団を率い、裏では密売人らとも繋がっているようです」

「密売人か……」

三代前の王の日記が頭をかすめる。

マクロンの言い淀みに、ペレが訝しげな表情になった。

「続けてくれ」

ペレがマクロンを窺いながらも口を開く。

「物資の調達を担う家柄なので、ボロルの王族は『ママン』の実家と繋がりを持つために、妃として娶っているのです。ボロルの治政方法でしょう。いくつかの妃家によって王家を支える形態ですな」

大半の国々が同じような治政を行っている。婚姻により支え合う構図は、王侯貴族社会では一般的だ。

ゲーテ公爵家のイザベラをエミリオに娶らせたのも同じとも言える。

「ジョージ様とシルヴィア様のお屋敷も、『ママン』の実家が所有していたものを譲り受けたのです」

『ママン』が居座り、屋敷の采配をするのも、元々実家所有だったからだろう。

「本邸の他に、使用人の住居、そして別棟がある大きなお屋敷です。その別棟にきな臭い動きがありました」

別棟に怪しげな者らが度々出入りしており、ペレは本邸の調査もさることながら、別棟も調べ始める。

その頃には、ダナンからの使者もボロルに到着していた。

別棟は出入りが徐々に激しくなっていき、当初ジョージのダナン行きを渋っていた『ママン』だったが、了承し送り出すと、さらに別棟の動きは活発になった。

ペレの嗅覚はとんでもなく反応しており、ジョージの追尾でなく怪しげな者らへと標的を変える。

怪しげな者らは、何度も『ママン』の実家や別棟を出入りしており、ペレはそのうちの一人に目をつけ動きを見張った。

「『沈静草』を秘密裏に買い付けておりました。それも、ダナンが『沈静草』を提供した国々から、横流しで得ていたのです。それで、怪しげな者らが密売人であるとわかりました」

「は？　なんだと!?」

マクロンは驚きを隠せない。

「懐に忍ばせられる程度の『沈静草』を横流しにより入手して、『ママン』の実家も含め、別棟に何度も出入りしてせっせと集めていました。……思うに、密売人らの動きをジョージ様に見られぬようにするために、ダナンに向かわせたのではないかと」

「なるほど……それならば、シルヴィアの行動範囲を狭めていたのも、もしや別棟の件があったからかもしれぬな」

屋敷の別棟を密売人の拠点としていたなら、『ママン』がシルヴィアに知られぬために、行動を制限するようにしたわけだ。

「それにしても、密売人に『沈静草』……、そしてボロルか。酷似している」

マクロンは、そこでペレに三代前の王の日記を渡す。

「これは？」

「三代前の王の日記だ。紙の挟んである箇所を確認してみろ」

ペレが、番長が紙を挟んだページをペラペラと捲って確認していく。

途中で、スッと目が細められた。

「確かに、酷似しておりますな」

「ボロルは、なぜ『沈静草』を欲する？」

マクロンは呟いた。

「王様、報告はまだ終わっていませんぞ。三代前では、ボロルに入国できず密売人を追えなかったようですが、今回は違います」

「そうか、隠れ村だったか」

最初に、ペレは隠れ村まで足を運んだと報告している。

「別棟にちりも積もればと集められた『沈静草』を、一部の密売人がまたも懐に入る程度を持参して隠れ村へ移動したのです」

「あの辺りの隠れ村といえば……」

マクロンの顔が曇る。

「草原の文化圏で罪を犯し、国から追い出された者らが寄り集まってできた村。密売人の行き先として、不思議ではありません。ありませんが、そこで動きが止まりました。しばらく取引も行われず、懐に『沈静草』を持ったままでした。ですので、ミタンニに寄り、元近衛らに隠れ村を見張るように指示し、帰国した次第です」

ペレの報告に、マクロンは息を漏らす。

「考えられるのは、魔獣暴走が起こった草原で『沈静草』を売り歩くことだろうが、『大金』には化けまい。すでに魔獣暴走は沈静化し、需要は下火だ。いや、混乱する草原に出向く者もいない。そんな状況で、モディも今欲しているのは『沈静草』ではなく物資と薬だ。……意味がわからない」

マクロンの眉間にしわが寄る。

「答えを導き出したくとも、過去と現在が混在し、思考が迷路に迷い込む。『沈静草』は結局、どう『大金』に化けるのだ？　それは過去も現在も同じなのか。そして、過去の『ノア』を密売人はどこから、誰から入手したのだ？　まだ見えない何者かの掌の上で転がされているかのような気分だ」

マクロンはモヤモヤした苛立ちを覚える。

「離宮の王妃様に報告に参りましょう。王妃様なら、何かに気づくやもしれませんから」

「そうだな、頼む」

マクロンは眉間を指で摘まむ。

難問続きで、思考の疲れが溜まっている。

マクロンは変装したペレを見送りながら、『フェリアの淹れたお茶が飲みたい』と思ったのだった。

7 ほったらかし

湖に離宮と月が映る。幻想的な景色だ。

森に囲まれた離宮は、王城とは違い静寂が流れている。

聞こえてくるのは、自然の音だけ。

フェリアは、そんな風景を眼下に眺めている。

「失礼します」

番長と共に変装したペレが入ってきた。

「前置きは必要ないわ」

フェリアはすぐにペレの話を聞く態勢に入った。

フェリアとペレの間に、面倒な挨拶など必要はないのだ。妃選びの時からそうであったように。

「まずは、概要を。コホン……

一つ、ボロル国末の王弟ジョージ様の屋敷の内情は、『ママン』の采配下にあり、シルヴィア様になんの権限もありませんでした。

二つ、屋敷の別棟に『沈静草』が集められていました。ダナンが提供した国々からの横流し品です。

三つ、『沈静草』を集めているのは密売人。屋敷の別棟は密売人の拠点かと思われます。

四つ、一部密売人は懐に『沈静草』を携え隠れ村へ。以降動きなく、密売人の懐は『大金』で潤った気配なし。

　私は、元近衛に見張りを頼み一旦帰国した次第です」

「また、『沈静草』に密売人なの⁉」

　フェリアも、マクロンと同じように反応した。

「私も、三代前の王の日記に目を通しました」

　ペレが番長にも視線を向けた。

「……奇妙な感じですな」

　番長がペレの視線に答えた。

「王様も、意味がわからないとおっしゃっていました」

　ペレが詳細な内容を説明する。マクロンに話した内容だ。

　ペレの話を聞きながら、フェリアの脳内に、様々な事案がグルグルと巡った。

「過去と現在で同じような事象が起こっているのに、それが何を意味するのかわからない」

　フェリアは大きく深呼吸し、頭を整理する。

　過去、ボロル、噴火、薬、『沈静草』、密売人、『ノア』、再ボロル。

　現在、草原バルバロ山、噴火、モディ、薬、物資。

　現在、ボロル、密売人、『沈静草』、隠れ村。


「……わからないわ」

　ここまで明らかになった事象や動きがあって、答えに結びつかないのは初めてだ。

　だが、何かが引っかかっている。フェリアはラファトが描いた地図を頭に浮かべながら、密売人の動きを脳内で追っていく。

「ん？」

　そこで、サッと頭をかすめたのは行商人らの南下。脳内の地図上で、密売人と行商人が交差する。

「一方は南下して、もう一方は北上した。……草原から南下、草原へと北上」

　フェリアは、閃きがすぐそこまで来ているように思うが、それは姿を現さない。

「……まだ、『ノア』が出てきていない」

　フェリアは唇を噛み締めた。

「『きな臭い』動きだけで、密売人らを追い詰めることはできない。『沈静草』の横流しもそう、横流し品とは思わず普通に売買しただけだと言い逃れもできる。現状、動きを見張る以外にないわね」

ペレが頷く。

フェリアは、思考を切り替えた。

「ペレ、番長。伝鳥を仕込んだわ。番長はここダナンで連絡の中枢となってもらう。外で動くハンスとミタンニにいるペレ、隠れ村で見張りをしている元近衛らと、それぞれに伝鳥で連絡を」

ペレと番長が『かしこまりました』と頭を下げた。

「ところで、ダナンの『ノア』の方は？」

ペレが問うた。

「昨年には及ばないけれど、収穫できたわ。『ノア』で作る特効丸薬まであと一年ね」

『ノア』は種まきから収穫までに六カ月を要する。不育期があれば、さらに時間がかかる稀な薬草だ。

一年近くかけやっと育て上げても、最後に種を収穫できなかった記録さえあった。

一年目で葉と茎と種を収穫する。二年目で種を二分割し、双葉の収穫分を確保する。三年目も同じく種を二分割し、花弁を収穫してやっと特効丸薬の調合に入れる。

二年目以降が一部の収穫にするのは、当たり前だが『種』を得られなくなるからだ。『種』が特効薬『ノア』でもあり、葉と茎、双葉と花弁を調合したものが『ノア』を原材料とする特効丸薬になる。

「三年でやっと特効丸薬とは、本当に大変な栽培なのですな」

ダナン王城にも備えがない。『ノア』より幻の薬になる。ジルハンの心臓は、この特効丸薬を処方すれば完治するだろう。

応急的処方が『種』の『ノア』。完治のための継続的処方が三年越しで調合する特効丸薬だ。

「ええ、そうね。二年目でひょんなことから育成の環境条件を知れたけれど、昨年より収穫は少なかった。まだ、条件があると思うわ」

「アルファルドのハロルド様を引き抜かれたとか」

フェリアはニッと笑った。

「医術国の手を借りないなんて、自ら遠回りしているようなものでしょ」

「全く、王妃様ときたら……抜け目がない」

普通なら、自身を危険にさらした者を受け入れたりはしない。

だが、マクロンもペレも、フェリアがどういう人物なのかを知っている。

「この世に、捨て置かれる手なんてないわ。もったいないじゃない。たくさん、こき使って……コホン」

ペレに少しばかり睨(にら)まれ、フェリアは舌をチョロッと出した。

「大いに役立ってもらうわ」

「王妃様の抜け目ない手で拾われた種が見事に育たんことを」

ペレが上手(うま)いこと返したのだった。

昨晩話に上がったハロルドが、ラファトと共に離宮にやってきた。

「あら、兄弟仲良くどうしたの？　こき使われるのに抗議(こうぎ)に来たのなら、受け付けないわ」

フェリアは、ハロルドを挑発(ちょうはつ)するかのように、楽しげに発した。

「こき使われるのは、本望(ほんもう)ですよ、王妃様」

ハロルドがすかさず返した。

「根っからの働き者なのね、ハロルドは。ここ一カ月は働き詰(づ)めよね。ご褒美(ほうび)は何がいいかしら？」

フェリアはパッと表情を輝(かがや)かせる。

ハロルドがゲッと察した表情になる。

「疲(つか)れた体にはクコの丸薬だわ！」

「断ります！」

ハロルドは若干被せ気味に即答した。

ハロルドの横で、ラファトが笑っている。

「兄じゃは、苦い物が苦手のようだ」

ラファトはクコの丸薬に耐性がある。それで、体を治したのだから。

「その呼び方をするなって、いつも、いっつも、いーっつも、口酸っぱく言ってるだろ、ラファト！」

ハロルドが、ラファトを指差しながら言った。

何やら、二人は馬が合うらしい。ハロルドは否定するだろうが。

フェリアは、サブリナとミミリーのようだと思った。二人も最初はこんな感じだったと。

「それで、私に何用なの？」

「私、薬事官ハロルド、王妃様にご提案があり参りました」

ハロルドが表情と態度を切り替えて言った。

ラファトも、ハロルドに倣うように会釈する。

「どうぞ」

フェリアは促した。

ハロルドが小さく息を吸い込んでから、口を開く。

「『ノア』の栽培に関しての提案です」

　薬事官留学を果たしたハロルドは、７番邸を拠点に、ガロンの元で補薬を学んでいる。加えて、王妃直轄事業薬草係にも籍を置き、薬草の栽培にも関わっている。

　フェリアが昨日口にしたように、秘花の育成をする医術国アルファルドの手を思う存分使わせている。

　本人曰く、本望だ。長らく医術関連のこと、薬や薬草のことに関われなかったのだから。

「私も今まで、『ノア』の育成は経験がありませんでした。王妃様が『ノア』の育成に成功し、少しばかりがアルファルドに送られてきたと知った時は、驚きと……悔しさで身が震えました」

　ハロルドが唇を少しだけ噛んだ。当時を思い出しているのだろう。だが、フェリアにスッと視線を合わせる。

「アルファルドの『ノア』関連の記録、ダナンの薬師の記録と、ダナン王城での昨年と今年の記録に目を通しました。また、悔しさが込み上げました。自分が『ノア』の育成を目にできなかったことや、王妃様に先を越されたことも」

　フェリアは、ハロルドの視線から目を逸らさない。

「そして、思いました。私もやってやると」

　フェリアはニッと笑った。

ハロルドもニヤリと笑み返す。

「ほったらかし栽培をご存じですか？」

フェリアは『え？』と聞き慣れぬ言葉に反応した。

ハロルドが、フェリアの表情に満足げに頷く。

「手間暇かけない、蒔きっぱなしでほったらかす栽培方法があるのです、王妃様」

ハロルドが若干得意げに言うものだから、フェリアはそれに受けて立つしかない。

少しばかり考えた後、口を開いた。

「自然と同じということね。森の木や草原の草は勝手に育っている。本来、植物は自生するものだから」

ハロルドがパッと顔を輝かせる。

「はい、その通りです！　秘花も元々自生していた二種類の薬華をかけ合わせてできたものです」

「あら、秘花のことをアルファルド以外で口にしても良いの？」

フェリアは口元に人差し指を当てながら言った。

「今さらですよ、王妃様」

ハロルドが肩を竦める。

ダナンも秘花の育成を手がけているし、ミタンニでもアリーシャが秘花の品種改良に取り組んでいるのだ。

「それも、そうね」

フェリアも肩を竦めてみせた。

「でも、『ノア』のほったらかし栽培か……勝算は？」

「ガロン師匠にも相談してみました。現状わかっている環境条件が当てはまる場でほったらかし栽培をしてみてはどうかと。『面白そう』と返答をいただきました。『ノア』をいかばかりか、私に投資してみませんか？　以上が、私の提案です」

フェリアは、何かの発表を聞いているようだと思った。アルファルドでは、そうやって皆が発表をして、取り組んだ成果で医術を向上させているのだろう。

ガロンが『面白そう』と評価したということは、やってみる価値があるということだ。

「『ノア』に十分な在庫があるかと言えば、そうではないけれど、通常栽培以外に回せないほどではないわ。『ノア』は、ダナン医官下と私の王妃直轄事業薬草係下、カロディアとで分配しているの。私の管理下の『ノア』の一部をハロルドに託すわ」

ハロルドが頭を深く下げた。

そのまま上がってこないハロルドのつむじを、フェリアは見つめる。

「私の敬愛する王妃様に感謝を！」

ハロルドが床を見たまま、声にした。耳が真っ赤になっている。フェリアの顔を見ては口にできなかったのだろう。

「あらら、兄じゃが王妃様を口説いている。王様に告げ口しよう」

「ラファト！」

ハロルドがラファトを羽交い締めする。

フェリアは、今度はマクロンとビンズのようだと思った。

そこへ、新たな人物が……『派手と素っ頓狂』の一方がスキップしながらやってきた。

「フェンリアンちゃーん」

すぐそこにいるフェリアに、まるで遠くから声をかけるがごとく手を振っている。

もちろん、フーガ伯爵夫人キャロラインその人だ。

「もしかして、この方？　ジョージアーンは」

キャロラインがハロルドを見て言った。

「それとも、この方？」

今度はラファトを見る。

「うーん、あれ？」

キャロラインの扇子が窓を指す。

皆の視線が窓の外に向いた。

ぎゃあぁぁぁぁぁぁぁ——

その悲鳴の主は言わずもがなジョージだ。

伝鳥に頭を突かれながら、走り回っている。

「種袋をどこかで落としたのだけど、あの方の頭にばらまいちゃったのね。おかしいわ、そんな記憶はないのだけど」

キャロラインがキョトンと小首を傾げたのだった。

さて、フェリアは翌日王城に帰ることにした。

『ノア』に関しては、他人に任せられない。

先に、ハロルドとラファトは帰城させている。ほったらかし栽培の候補地を、ガロンと協議してもらうために。

帰城の際、やっとフェリアはジョージと会することにした。とはいえ、急遽離宮を去る挨拶をする程度だ。

離宮の入り口ホールで、ソフィア貴人とジョージがフェリアを見送りに来た。

たった三日でジョージがくたびれている。

フェリアは微笑んでジョージの挨拶を待つ。

相変わらず、名乗らず初見のフェリアをまじまじと不躾に見ている。

「ハァァァァ」

ソフィア貴人が大きくため息をついた。

ジョージがハッとして口を開く。ため息で何を指摘されたのかわかるほどには、成長したようだ。

「ボロル国末の王弟ジョージです」

「ダナン国王妃フェリアよ。なかなか時間が取れずに申し訳ないわ」

「はい、待ちました」

ジョージが答えた。

そこは、謙遜するところだろう、と皆が心の中で突っ込んでいた。

「慣れない離宮生活のことは報告されているわ。快適に過ごせるように、皆が頑張りすぎたようで……『悪気はないのよ、良かれと思ってあれこれと手厚すぎたのね』」

ジョージの苦情をバッサリと退けた。

ジョージが頬をヒクつかせる。

返答さえ思いつかないようだ。

「ミミリーから、花冠舞踏会のことを耳にしたかしら？」

「……はい」

蚕のことを思い出したのか、返答に間が空いた。

「こちらを」

フェリアは、ジョージに招待状を渡す。

ジョージが嬉々として受け取った。

「私が行っている新規事業の披露会と、夜会を開催するわ」

昼間に6番邸で披露会、夜に広間で夜会となる。夜会は出発するイザベラのために開催されるものだ。一週間後に行われる予定になっている。

「では、シルヴィアと」

ジョージが身を乗り出す。

「無理ね。シルヴィアの心身の状態では、離宮から移動するような危険な行いは許可できないもの」

それは、そうだ。身重なのだから。馬車に乗ることも、夜会に出ることも控える時期に入っている。

ジョージが怪訝そうな顔つきで口を開く。

「肌艶良く、健康的だと思いますが。……それに少し太ったようにも」

ジョージが不服を口にする。

この男、皆が『悪気なく良かれと』接した中に、十二分にヒントを与えていることに気づいていない。

ミミリーなど、『赤子が着るような肌触りの良い木綿服を』とまで口にしたというのに。

シルヴィアが刺繍をしていたのは赤子の御包みだし、その口からもお腹に手を添えながら、『私の中は満たされておりますわ』とも耳にしたはずだ。

ふくよかになり、毎日昼寝ばかりのシルヴィアに、何もピンとこないとは驚きである。

「シルヴィアの代わりに、肌艶良く健康的なソフィア貴人をエスコートしてあげて」

フェリアは満面の笑みで、ジョージの不服を一蹴した。

「王妃様、このジョージ公と私が釣り合うとでも？」

ソフィア貴人が、木綿服のジョージに冷めた目を向ける。

「確かに、並ぶと……ジョージ公の影が薄れるわね。でも、大丈夫」

フェリアは、ケイトに目配せした。

ケイトが光沢のある布地を持って前に出た。

「ジョージ公へ贈り物よ。誰もが目を奪われるような衣装を作ってあげてね、ソフィア貴人」

「ハァァァァ、仕方がないのぉ」

さて、ここまでは手はず通りだ。

一週間の期間しかないが、離宮にはシルヴィアの衣装のために針子がすでにいる。

ジョージが光沢のある布地に目を輝かせた。ある種強制的に、着慣れない木綿の服を身につけているのだから。

やっと、貴族らしい服が着られるとホッとしているようだ。

フェリアは、最後にキャロラインを呼ぶ。

「フーガ伯爵夫人！」

伝鳥を、両肩と頭にと三羽乗せたキャロラインが、何やらルンルンとスカートを両手で摘まみながら現れた。

その異様さに、ジョージがギョッとする。

「キャロ、着いていたのかぇ？」

「チッチッチッ、ソフィ違うわ」

キャロラインが人差し指を左右に振りながら言った。

「フーガ伯爵夫人キャロラインは、世を欺く仮の名よ。ジャジャーン、『鳥遣い』にして『女海賊』、離宮の湖を征服しに来たわ。さあ、海賊船に乗って対岸に向かいましょう」

キャロライン節は健在だ。

皆の思考を石化させる天才である。

「甲板員ジョー、ついて参れ」

ジョージは甲板員になったようだ。

ジョージがポッカーンとキャロラインを見つめている。

ソフィア貴人はそろりそろりと後退している。前回の船遊びを思い出したのだろう。

「夜会があるから、呼んだのよ」

フェリアは、ソフィア貴人の腕をガシッと掴んだ。

「ジョージ公の気晴らしに、船遊びでもどうかしら？」

フェリアは、そう言って置き土産をして王城へと戻ったのだった。


夕刻、王城に戻ったフェリアは、マクロンの執務室に赴く。

『ノア』の件がなければ、帰城の予定がなかったため、フェリアはマクロンを驚かそうとソッと扉を開いた。

ちょうど、休憩時間だったマクロンがソファに体を深く預けて、目を閉じている。

フェリアはシメシメと思って、静かに近づいた。

「休憩時間に、仕事を持ってくるな、ビンズ」

流石、マクロンである。人の気配を感じ取っていた。

フェリアは口元に人差し指を当て、近衛隊長に黙っていてと合図を出した。

近衛隊長が頷く。

フェリアはイタズラ顔で、マクロンの横にちょこんと座った。

ビンズが、マクロンの横に座ることはない。

マクロンがピクッと反応した後、目を閉じたまま口元を緩めた。

「これは夢だな」

マクロンの腕が横に座るフェリアの腰を引き寄せた。

「それじゃあ、目が開いたら私は消えなければなりませんわ」

マクロンの手に力がこもる。

フェリアをガッチリ逃がさず捕まえるように。

「お帰り、フェリア」

「ただいま戻りました、マクロン様」

マクロンが目を開けて、フェリアの頭に唇を落とす。

「へへ」

フェリアは恥ずかしげに照れている。

「どうした？　予定では披露会と夜会の二日前に帰城予定だったはずだが」

マクロンが照れているフェリアの顔を覗き込みながら言った。

「ち、近いです！」

「私にとって近いというのは、この距離になるのだが」

口づけ一ミリの隙間でマクロンの吐息がフェリアにかかる。

フェリアは微動だにできなくなった。動けば触れてしまう。

思わず、目を瞑ってしまったフェリアに、マクロンが容赦なく唇を堪能した。

涙目になったフェリアは、ポカポカとマクロンを叩く。

「ハハハ」

マクロンが楽しげに笑った。

「イタズラの返り討ちに遭った気分は？」

マクロンの問いに、フェリアはプイッと横を向く。

頬が膨れたフェリアを、マクロンがまた笑った。

「ご機嫌斜めのお姫様に」

マクロンが立ち上がって、机の引き出しから花冠を取り出した。生花でなく、布で花を模した物だ。

新たに発足した装飾係に、マクロンが作らせていた。

フェリアの頭に特注の花冠が載せられる。

「うん、やっぱり元気なお日様色がフェリアには似合うな」

マクロンがエスコートし、フェリアを鏡の前に促した。

「これなら、ずっと持っていられますね！」

生花では朽ちるからだ。

フェリアは、花冠を載せた自身の姿に心が浮き立つ。

「本当に、物語のお姫様にでもなったみたい」

フェリアは、思わずクルリと回転した。

マクロンが腰に手を添える。

「さて、お姫様。夕餉を一緒にどうかな？」

「ウフフ、喜んで」

だが、ここで奴は登場する。

「失礼します！　お時間です。さあさあ、政務の残りを処理してください」

ビンズが否応なしに、執務机に書類をバサッと置いたのだった。

翌日、フェリアはガロンとハロルド、付き添うラファトと一緒に、『ノア』のほったらかし栽培をする候補地を決めようと王城を回る。

本当は、王城外の自然な場所でほったらかし栽培を試してみたいのだが、『ノア』の稀少性がそれを許さない。『ノア』だと知られたら、大事になりかねないからだ。

薬師が大挙して、ダナンに訪れよう。

公にできるのは、確固たる『ノア』育成の環境条件が全てわかってからだ。

公表後、薬師が手持ちの『ノア』を躍起になって育成するだろうが、それを狙う輩も出てくるだろう。

『ノア』が普通に流通できるような体制作りも必須になる。稀少性を下げねば、争い事が起こるのは目に見えている。

ともあれ、『ノア』育成の環境条件がわからねば、その先には進めない。

「『ノア』育成の基本は明確だわ。雑草のような植物で、過酷な状況下で育ちが進む」

フェリアが歩きながら最初に口にした。

「そうそう、『ノア』は深窓の令嬢じゃなくて、踏まれ強いフェリアのようだなぁ」

ガロンがボソッと言った。

ハロルドとラファトが口に手を当て、笑みを隠している。

フェリアは二人をギロッと睨んだ。

両手を上げて降参のポーズを取るハロルドに、フェリアは視線で発言するように促す。

「わかっている育成の環境条件は、『引っこ抜かれたり踏みつけられたりすると根が強く張る』『熱波で育ちが促進される』この二点。ただ、引っこ抜いたり、踏みつけたり、熱波を浴びせる適正な時期や期間はわかっていないと判断されますね」

一年目と二年目で、収穫の成果が違うのはそれが理由だと思われる。

「それでも、通常の発芽率が五分の一だから、一年目も二年目もそれを上回った芽吹きだったさぁ。今までの記録上、そこからの育成率も五分の一だから、収穫できること自体が珍しいんだよなぁ」

ガロンが言った。

ハロルドもウンウンと頷いている。

「それで、王城内で候補地になるような場所はあったの？」

フェリアはガロンとハロルドを見る。先に帰城させて、検討していたはずだ。

「熱波を考えると厨房付近、引っこ抜くのはほったらかし栽培にならないから、踏みつけられる場と考えると闘技場。まあ、結局、31番邸のかまどの横が二つの条件にピッタリなわけさぁ。騎士らが集まって踏み荒らしてくれるからなぁ」

31番邸の『ノア』が成功したのは、思わぬ形で育成の環境条件に当てはまったからだろう。

「それじゃあ、今まで通りになっちゃうわ」

四人はあてもなく王城を歩いている。

「ラファトはどう思う？」

フェリアは、専門外のラファトにも訊ねた。

「場所はわかりませんが、ほったらかし中は、『ノア』を蒔いたと周囲に言わない方がいいと思います。皆、きっと踏まないようにするだろうから」

フェリアとガロン、ハロルドもその辺を失念していた。

「そうね。コッソリ蒔いて、コッソリ観察しなきゃ駄目ね」

「盲点だった。ラファト、ありがとう」

ハロルドがラファトにグッと親指を立てた。

ラファトが照れくさそうに笑っている。

「そういえば、そろそろ断髪式をしない？」

フェリアは、ラファトの髪を指差した。

まだ、長髪を銀の髪留めで括っている。衣装こそ、モディのものは脱ぎ捨てたが、髪はそのままだった。

「はい！　お願いします。切れ味のいい小刀でザックリやっちゃってほしいです。兄じゃに！」

「そんな大役はご免だ！」

相変わらずの二人にフェリアとガロンは笑った。

「切れ味のいい鋏でカットしましょう。ん？　……切れ味……小刀……刃物……剣！　そうよ、あの場を忘れていたわ!!」

フェリアは興奮気味に言った。

ガロンも気づく。

「『鍛冶場！』」

同時に発したフェリアとガロンの言葉に、ハロルドとラファトも『それだ！』と同意した。

エルネの地団駄と鍛冶場の熱波、条件にぴったりだ。

エルネの地団駄とは、刃物の鍛錬が上手くいかずに、地面をダンダンダンと踏むからだ。反対に上手くいった時は小躍りする。叱られた時は、その辺の雑草をブチブチと引っこ抜くのだから、全ての条件に当てはまっている。

かくして、内緒で鍛冶場に『ノア』が蒔かれることになったのだった。


さて、四人はそのまま7番邸へと移動する。

なんだかんだ言いながらも、ハロルドがラファトの髪に最初の鋏をザクッと入れた。

ザンバラ髪が風に揺れ、ラファトが大きく息を吐き出した。

「頭が軽くなった気がする」

少しばかり、瞳が潤んでいるのは、モディへの思慕かモディからの解放を感じてか、ラファトが両手を広げて空を見上げる。

テーブルに置かれた髪のひと束。そして、銀の髪留めと『ノア』。

ラファトは銀の髪留めを持って、ハロルドに顔を向けた。

「ハロルドにこれを」

ラファトが差し出したのは、銀の髪留めだ。

「大事な物を、簡単に差し出すなよ」

ハロルドがラファトの手を押し返す。

ラファトが銀の髪留めをなんとも言えない表情で見つめている。

「モディでは、結婚を申し込む時にそれを相手に渡すのではなかったかしら？」

フェリアは小首を傾げた。

「はい、そうです」

「ちょ、お前、そんな物を私に差し出そうとしたのか！」

ラファトの肯定に、ハロルドが冗談じゃないと手を振る。

「もう私はモディの王子じゃないし、家族に送ろうかなって思っただけ。結婚の申し込みと一緒で、末永くよろしくって思って兄じゃに！」

ラファトが元気よく言った。

「そんな恥ずかしい台詞を言うな！」

ハロルドも若干照れを隠すように大声で突っ込んだ。

フェリアはそんな二人を微笑ましく思う。そして、二人へと準備していた物を出した。

「ちょうど、良かったわ。これを準備していたの。末永く、二人に持っていてほしいわ」

フェリアは長い紐(ひも)のついた頃合(ころあ)いの良い巾着(きんちゃく)二つを、ハロルドとラファトに手渡(てわた)す。

「『ノア』を肌身離(はだみはな)さず持っていてほしいのと、ラファトは自身の証(あかし)もね」

現在、『ノア』に関わる者は、『ノア』を必ず肌身離さず身につけている。

「私も？」

ハロルドがフェリアを窺(うかが)う。

「そう、ハロルドも」

ハロルドが、『ノア』の入った巾着の中を確認(かくにん)する。

「……人たらし」

ハロルドが呟(つぶや)いた。

「マクロン様はお人よしなのでしょ？」

フェリアは笑った。マクロンからお人よしと人たらし発言は耳にしていた。

「兄じゃとお揃(そろ)いか！」

ラファトが巾着に銀の髪留めと『ノア』を入れさっさと首に通した。

「兄じゃと言うな！」

そう言いながらも、ハロルドが同じく首に通した。

「ラファト、座れ。ちゃんと髪を整えてやるから」

フェリアとガロンは、そんな二人を眺めながらお茶を飲む。

「ガロン兄さん、夜会はともかく披露会には出席してよね」

「お貴族様に披露するんだろぉ。俺がいたって、なんにも役に立たないぞ」

「ガロン兄さんがいてくれた方が、草原の行商人たちも緊張しないかと思って」

個別のやり取りをする行商と違い、今回は大勢に披露する場だ。行商人たちは勝手が違い緊張することは予想できる。

そこに、ガロンのような貴族にも飄々とする者がいたら、安心だろう。ガロンとて、薬師として行商を行っているのだから。

「まあ、いいけど。行商、しばらく行ってないなぁ」

フェリアが妃になった前後に、たくさんの事件があり、リカッロとガロンは王城とカロディアを行き来している。

「草原の先にも足を延ばしてみたいのになぁ」

「ごめんね、ガロン兄さん」

フェリアはシュンとする。ガロンを足止めしているのは王妃となったフェリアである。

ガロンがフェリアの額をコツンと突く。

「おかげで、『ノア』の栽培を手がけられるさぁ。それも、こんなに優秀(ゆうしゅう)な手があるし」

ガロンが、ハロルドとラファトを見る。

「そういえば、ハロルド……隠れ村のことを知っている？」

ガロンの視線を追うように、フェリアも二人を見て言った。

アルファルドは、隠れ村に近いと言えよう。

鋏を持つハロルドが怪訝な顔でフェリアを見る。

「隠れ村……なんで、隠れ村のことを？」

「ミタンニ王妃が出発するからよ。立ち寄る村は安全だけど、周辺の隠れ村の情報があったらと思って」

フェリアは、上手い具合に誤魔化(ごまか)しながら訊(き)いた。

「ああ、なるほど」

ハロルドが、ラファトの頭に視線を戻す。

「秘密裏(り)の依頼(いらい)は……」

ハロルドが言い淀(よど)んだ。

「隠れ村を頼(たよ)れでしょ？」

ラファトが続けた。

「それをなぜ知っている？」

ハロルドがラファトに問う。

フェリアは澄ました顔で二人の会話を耳にしている。

「モディが建国当初、物資調達を頼ったのが隠れ村の行商人たちだから」

新興国と物資のやり取りをする国はなかったのだろう。

「行商人っていうか、密売人だろうに」

「どっちもブツを売買するから一緒でしょ」

ラファトがあっけらかんと言い放った。

「隠れ村は、草原を囲む国々から追い出された者が集まってできたって聞いた」

「誰に？」

フェリアは、草原暮らしをしていたラファトがなぜ小さな隠れ村の由来を知っているのかと疑問に思った。

「本人たち。普通の行商人は、私の暮らしていた付近には寄りつかないし、欲しい物は隠れ村の行商人からしか得られなかった。それも八割増しの値段だったけどね」

ラファトが苦笑しながら言った。

ラファトの草原暮らしは本当に過酷だったのだろう。

「追放された貴族やら、盗人風情が集まってできた村だと、私も聞いたことがある」

ハロルドも険しい顔つきで言った。

「隠れ村の行商人は、悪徳商人または闇の商人……密売人とされている。禁制品やら盗品やらの商いを行っていると噂されているから。盗んだ品を盗んだ元に大金をふっかけて売るとかも、耳にしたことはある」

ハロルドが厳しい口調で言った。

「でも、悪いことばかりじゃない。確かに八割増しの値段でしか物資は買えなかったけど、来てくれるだけで……嬉しかったんだよね。皆が見て見ぬふりをする場にも来てくれるんだから」

ラファトが言った。

「そうね。必要だから存在している。……善行の悪事もある」

「善行の悪事か」

ラファトがフェリアの言葉を復唱する。

ラファトの草原暮らしの存続は、隠れ村の行商人による善行の悪事で成り立っていたわけだ。

「まあ、アルファルドも……」

ハロルドが言い淀んだ。

「言わなくてもわかるわ」

フェリアはハロルドに微笑んだ。

アルファルドも秘密裏の依頼をしたことがあるのだろう。

「最後の砦なのね。アルファルドも隠れ村も」

病や怪我の最後の砦は、医術国アルファルド。隠れ村も同じで、厄介な依頼の最後の砦。

今回のきな臭い動きの背後にも、誰かが最後の砦に頼った厄介な依頼があったのだろうか。

「確かに隠れ村から時々、痺れを治す薬はないかと腕や足を擦って来る者がいた。きっと、無理をした行商だったのかも」

ハロルドがラファトの髪を整えながら言った。

裏取引などは、危険を伴う。カロディアの薬師の行商も身元を明かさずに行っている。

貴族らとの公にできない秘密の取引などは、取引成立後に狙われることもある。

そこは、普通の行商人も密売人も同じだ。

リカッロやガロンも魔獣狩り以外での生傷は、全部行商によるものだ。

「終わったぞ、ラファト」

「ありがとう……ハロルド」

ラファトは『兄じゃ』と『ハロルド』呼びとを使い分けているようだ。

「おっ、かなりの腕前だぁ。今度、俺の髪もハロルドに頼もう」

ガロンが言った。ハロルドは、ガロンの弟子だから名呼びである。

ハロルドがガロンのボサボサ頭を見て、勘弁(かんべん)してほしそうな表情になる。

「ガロン兄さん、披露会にはまた椿油(つばきあぶら)たっぷりでお願いね」

「ゲッ」

ガロンの反応に皆が大笑いしたのだった。

8 王子様と魔女

『癒やし処』

6番邸の入り口に看板が掲げられた。

貴族らが続々と入っていく。

元は後宮だった場の変貌に、驚きを隠せない。

それは、ブッチーニ侯爵も同じで、薬草湯を見て口があんぐり開いていた。

「皆様、お集まりいただきありがとうございます」

ある程度揃ったところで、サブリナが声を上げた。

フェリアは、サブリナに披露会も一任している。

「王都の芋煮レストランは、『癒やし処』として新装開店致します。どのような場所になるのかは、ここ6番邸を見本にしました。本日は、新規事業を皆様に体感していただきます」

サブリナの説明と共に、草原の行商人らが紹介される。

途中から、商団を抱える貴族らが憮然とした表情になるのを、フェリアは見逃さない。

サブリナもそれに気づいたのか、フェリアに目配せしてきた。

「行っておいで」

マクロンに促され、フェリアはサブリナの横に立つ。

「面倒くさい言い回しはなしに、伝えますわ！」

いきなりのフェリア節に、マクロンがクッと笑った。

「この新規事業、中るかどうか不確実。失敗して大損になるのはこの事業の責任者の私。商団を率いる方々に、そんなリスクを負ってほしくはないの。でも、中って事業を大きく展開する際は、どうか参加くださいね。こちらの草原の行商人たちは事業が軌道に乗るまでの契約ですから、引き継いでもらいます」

貴族らが納得したような表情に変わる。

「その者らは？」

ブッチーニ侯爵が草原の行商人らを慮る。

「私らは、草原が安定しましたら戻りますので、ご安心ください」

フェリアの返答を待たずして、草原の行商人が答えた。

「なるほど」

ブッチーニ侯爵がウンウンと頷く。

「ですが、お役御免とばかりに、この方たちを草原に帰し、中った事業を引き継げば、皆さんの体裁が悪くなります。ですから、私はダナンに本陣を置くことを了承しました。身を粉にして献身してくださるこの方たちへ、失敗したとしても成したとしても、安心できる場を約束したいのです。皆さんにはその後ろ盾になっていただきたいと思います」

フェリアはブッチーニ侯爵を一瞥した。きっと、意を汲んでくれるだろう。

「それは、良いですね。引き継ぐ者の顔も立ちましょう。ダナンの懐の深さも広められます。私は商団を持っていませんが、後ろ盾を引き受けましょう！　ハッハッハ、私がダナンにおいて、この新規事業の一番乗りだ」

流石、ブッチーニ侯爵ノリノリである。

マクロンが笑いを隠すように口元を押さえている。

「ちょーっと、待った！　この郵政役ゴラゾンこそ一番に名乗りを。私は、文の配達時に『癒やし処』の宣伝をしましょう。宣伝係に一番乗りです！」

頭皮を撫でながら、なぜかフェリアに視線を流すあたり、ゴラゾン伯爵の意図がわかる。

フェリアは『ふさふさ生える小瓶』の開発を約束するように、手で自身の髪を払いゴラゾン伯爵に応えた。

また、マクロンが笑いを堪えている。

さて、場が盛り上がってきた。

貴族らが、草原の行商人らと新規事業の話をし始める。緊張で、硬い口調になっている間をガロンが取り持っていた。

「本日は、足湯を用意しております」

サブリナが告げる。

騎士のように裸の付き合いなど、貴族らはできない。

そこは、機転を利かせて男女別の足湯にした。

そこかしこで、『癒やし処』の体験が始まっていた。

さて、参加者がまだ揃っていない。

言わずもがな、ジョージとソフィア貴人である。

「来ないな」

マクロンが言った。

「そうですわね」

フェリアも門扉を見ながら答える。

「どんな仕込みをしたのだ？」

マクロンが楽しげにフェリアに問う。

「来てのお楽しみ、いいえ、見てのお楽しみかしら？」

フェリアが返答したその時、門扉にとんがり帽子が現れた。

「ジャジャーン！　フーガ伯爵夫人キャロラインと思うなかれ！」

キャロラインの斬新な登場に、『癒やし処』を堪能していた者らの視線が門扉へと移った。

「またの名を『鳥遣い』にして『女海賊』キャロ！　そして、最終形態『飛べない魔女』ライン！」

先代王の頃を思い出しているかのように、貴族らが半眼になった。

「こら！　キャロ、勝手に出ていきおって」

もう一人のとんがり帽子が現れる。もちろん、ソフィア貴人である。

「先代の側室、双頭の悪魔『派手と素っ頓狂』だったか」

マクロンの呟きは、あまりに貴族らの笑いの的を射たようで、噴き出す者が大勢いた。

「あれが仕込みか？」

マクロンがフェリアに問う。

「ええ。本命はこれからですわ」

皆が門扉に注目する中、その男は現れた。

とんがり帽子の魔女二人を左右にする、中央のジョージ。

白タイツにカボチャのパンツ、バルーン袖にバームクーヘンの首巻き。加えて、髪型は

中央分けのテカテカ仕上げの襟足クルン。

どこをどう見ても、おとぎ話に出てくる『ザ・王子様』である。

「クッ……クックッ、あれは……」

マクロンが唇に力を入れて、堪えている。

皆を見て、ジョージが愕然としている。

「なぜ、僕だけこんな格好なのですかぁぁぁ!?」

ジョージが叫んだ。

「披露会では皆仮装をするというのは嘘ですかぁぁぁ!?」

ジョージがソフィア貴人に詰め寄る。

「わらわは、『良かれと思って』」

「これのどこが、良かれなのですか！　悪目立ちもいいところです！　わざとでしょう!!　あなたの娘シルヴィアに離縁を言い渡した僕への仕打ちでしょうに！」

「勘違いじゃ!!　披露会の後には夜会も控えておる。ジョージ公は新顔ぇ。皆に一気に覚えてもらうために、わらわは思案に思案を重ね、王妃様のご依頼通りに『誰もが目を奪われるような衣装』を丹精込めて作ったのじゃ……。わらわとて、同じように魔女に扮してまで、ジョージ公をダナン貴族に知ってもらいたくて」

ソフィア貴人が両手を震わせて、顔を覆う。その指には針仕事をしたかのように包帯が巻かれている。

なかなかの演出だ。流石『マーマ』、やってくれる。

「ジャジャーン！　こちら、ソフィの娘シルヴィちゃんの元夫、ボロル国末の王弟ジョージ。以後、お見知りおきを」

キャロラインが空気を読まずして、最強の紹介を挟んできた。

「これで、バッチリ皆に覚えてもらったわね、ジョージ公」

キャロラインはここぞという場面で間違えない御仁である。

ダナン貴族には、シルヴィアが離縁してダナンに戻ってきていることは知られている。

ジョージが顔を真っ赤にしてプルプルと体を震わせた。

「目には目を、歯には歯を、『ママン』には『マーマ』をですわ、マクロン様」

「なかなか見事な仕込みだな」

フェリアはマクロンに頷いてから、ジョージの元へと向かった。

ジョージがフェリアを見ると、ズンズンと進んでくる。

番長がすかさずフェリアを守る位置に移動した。

それを気にすることなく、ジョージが吠える。

「こんな、こんな！　離宮からずっと！　僕になんの恨みがあって！」

ジョージが見るからに憤怒の表情でフェリアを見ている。

「酸っぱすぎるお茶！　フゥフゥ、騎士らの威圧！　フゥッフゥッ、蚕の木箱！　ゥッゥッ、木綿の服！　ウゥウゥッ、湖落とし！　フッウワァアアッ、白タイツゥゥゥ！」

火を噴くようにジョージが爆発した。

『ふざけるな、ふざけるな！』と地団駄を踏む。

「『ママン』に言いつけてやる!!」

引いた。

皆が引いた。

そんな中、フェリアは扇子をバッと開き、ジョージを冷ますように仰いだ。

ジョージから放出される湯気が扇子の風で煽られる。

フェリアは一拍置いて、口を開く。

「『僕のママンは良かれと思ってやったこと、悪気はないのだよ』。あなたがシルヴィアに言った台詞よ」

フェリアの言葉はジョージ以外、静まり返る披露会で響いた。

「今のジョージ公のように、シルヴィアも訴えたわよね。ミミズや首折れ鶏、ぞうきんの絞り汁や霊験あらたかな樹海の湧き水、それから、ヘンテコ衣装。同じようなことをされて、あなたは言った。『僕のママンは良かれと思ってやったこと、悪気はないのだよ』と」

シルヴィアの離縁の状況は、ダナン貴族に伝わったことだろう。

フェリアは、扇子をパチンと閉じ、サブリナに合図する。

サブリナがカップを持ってやってきた。

ジョージがお茶を見る。

「私も良かれと思ってこちらのお茶をあなたに勧めるわ」

「ぞ、ぞうきんの？」

フェリアは黙って微笑むだけだ。

「こ、こんな、何が入っているか、わからないお茶など、口に入れられるわけないだろう!?」

「ええ、その通りよ！　だから、シルヴィアはボロルを出たの。『宿った命を守るために』」

どよめきが起こる。

シルヴィアの懐妊を明かすための絶好の頃合いと相応しい場、それがこの披露会である。

「シルヴィアからは、もっと酷い物を口に入れられそうになったことは聞いているわ。嫁いびりも度を超すと、『命』を奪いかねない。シルヴィアを返すものですか！　だって、ボロルに返せば……ママンが良かれと思ってすることで『御子が流れてしまう』からよ！　そして、あなたは言うの。『悪気はなかった』とね」

ジョージが目を見開いたまま固まっている。

理解が追いついていないのだろう。

フェリアは、ここでたたみかける。

「酸っぱいお茶は、目が覚めて爽快になる効能。騎士の威圧は、身重のシルヴィアを守るため。蚕の木箱は、生まれてくる赤子へシルクの晴れ着を用意するため。木綿の服は、生まれてくる赤子の肌着用。湖落としは、魔女二人に訊いて。衣装はこの場であなたを覚醒させるため。『ママン』とは違い、本当にあなたを思ってしたことよ」

フェリアは、サブリナからお茶を貰い、ジョージに差し出した。

「桑の葉茶、身重でも飲めるお茶なの。シルヴィアが飲んでいるお茶よ」

ジョージが震える手でフェリアが差し出したお茶を受け取った。

ジョージは、離宮から今までのことが繋がっていると気づいたのだ。

「あっ、あ、あぁぁぁ」

「『ママン』は悪気があった、の……か」

やっと、わかったようだ。

「こちらの『マーマ』はあなたに気づいてほしかっただけ。悪気なんてないわ、それも良い方向へと導くためにやったこと。ダナンとしては離縁が成立していると、突っぱねた方が楽だった。あなたの目を覚ますことなど無駄な労力だもの」

ジョージが震える手で桑の葉茶を飲む。

口から少しばかり溢れるのは仕方がないことだろう。

「落ち着いたかしら？」

「シルヴィアに」

「ボロルに帰ろうとでも言うつもり？」

ジョージが押し黙る。

「シルヴィアの希望は『ボロル以外で産み育てる』こと」

ジョージが頭を抱える。

「僕はどうしたらいいのだ？」

「『ママン』にでも訊きに帰国したらいいじゃないですか」

答えたのはサブリナだ。鼻で笑いながら、ジョージを見やる。

「それはっ」

ジョージが唇を噛んだ。

「ハァァァァ、ここまできても自分で答えを出せぬかぇ？」

ソフィア貴人が言った。

ジョージがハッと気づく。

「そうか！　僕も帰らねばいいだけだ」

ジョージが愛するシルヴィアや子を思い、傍に居たいと願うならそれしかない。

「ずいぶん、懇切丁寧な仕込みだったな」

マクロンが言った。

「さて、披露会を続けよう！　先に言っておく。シルヴィアの懐妊祝いを楽しみにしているぞ」

珍しくマクロンが貴族に冗談を言い、貴族らが『お任せを』と口々に返したのだった。

披露会に続きイザベラを送り出す夜会も終え、マクロンとフェリアは多毛草の寝具に深く沈んだ。

「『ママン』が黙っていなさそうだな」

マクロンはひと言呟く。

ダナンにずっとジョージが留まれば、ボロルも『ママン』も黙ってはいないだろう。

シルヴィアの離縁と懐妊は、その難問を残していた。

離縁のままだからこそ、ジョージは居残れる。縁を再び結べば、ボロルに戻らざるを得ない。

フェリアは押し黙る。

「フェリア?」

マクロンは、体を起こして横になるフェリアを覗き込んだ。

フェリアは目を閉じて微笑んでいる。

その口がゆっくり開く。

「『ノア』の出所がわかりましたわ」

突拍子なく告げられたことに、マクロンは驚いた。

「ジョージ公が教えてくれました」

「は?」

フェリアは目を開けて起き上がった。

「なぜ、わからなかったのかしら。こんなにもヒントが溢れていたのに」

フェリアはマクロンに身を寄せる。

「『ノア』を密かに鍛冶場に蒔きましたわ。熱波とエルネの地団駄、いじけた時の草むしり。現状判明している『ノア』の育成環境にピッタリですから」

「なるほど。それで?」

マクロンはフェリアを優しく包みながら促した。

「ジョージ公の憤怒と地団駄。湯気が流れる様。バルバロ山の噴火を想像しました。……

憤怒は噴火。湯気は灰が降る様。地団駄は……樹海で騒ぐ魔獣。薬草が好物なら食い荒らしもする。熱波（噴火）と踏み荒らしと引っこ抜かれ（魔獣）……それが繋がる先には『ノア』。魔獣の棲む樹海に『ノア』は自生しているのだわ。最後の条件は『灰』」

二つの火山の噴火と、31番邸の『ノア』の畝に重なる条件は『灰』だ。

かまど横の『灰』もさることながら、31番邸が火事になった際は、噴火のように『灰』を降らせている。

普通の植物は、降灰の影響を受け葉が傷むが、『ノア』は違うのだろう。

フェリアがマクロンにギュッと抱きつく。

「ラファトが言っていたことを思い出しました。両親は樹海から現れ『念願叶い、色々と得ることができた旅だった』と祝杯をあげたことを。『ノア』はその時点で懐にあったのだから」

両親が手にした『ノア』の出所が、鮮明に見えたのだ。

『ノア』は草原での取引で得たのでなく、樹海で収穫して得たと。

「そうか……そういうことだったか」

マクロンはフェリアの背中を優しく擦る。

「まさか、噴火と『ノア』が繋がるとは思いもしなかった。やっと、両親の懐にあった『ノア』の出所がわかったわ」

フェリアがマクロンの胸の中で、静かに流しているだろう涙は嬉しさか、それとも、もう会えぬ両親への思慕か。

マクロンはフェリアを包み込むしかできない。

静かに時が流れた。

フェリアがゆっくり顔を上げた。

マクロンは濡れた睫毛に口づけた。

フェリアがマクロンの目をしっかり見つめながら口を開く。

「『沈静草』を欲する理由は、『ノア』を収穫するために、魔獣の棲む樹海に入るから」

披露会と夜会から十日後、ボロルに帰っていた使者が戻ってきた。

近道を使ったのか、たった二十日程度でダナンとボロルを往復してきた。

マクロンとフェリアは、王間でボロルの使者を迎えた。

ボロルの使者が、初見の王妃フェリアへの挨拶を終えると、口火を切る。

「ジョージ様はどちらに？」

「シルヴィアのいる離宮よ」

フェリアが答えた。

「そうですか。親睦深まり、新たな縁が結ばれ、ご帰国できるのですね。まっさらな再出発とは、まさに素晴らしきことです」

ボロルの使者が表情晴れやかに言った。

「帰国するのはお前だけだ。ジョージ公は、ダナンに留まるそうだ」

「は？」

マクロンの言葉に、ボロルの使者が驚きを隠せない。

「何を……おっしゃっているのやら。ご冗談を」

ボロルの使者は、マクロンとフェリアを交互に見やる。

マクロンもフェリアも至って真顔だ。

「……どうやら、ダナンはジョージ様を軟禁すると言うのですね？」

ボロルの使者が表情を硬くする。

「自発的居残り宣言を、夜会で披露していたわ。『愛するシルヴィアと御子と一緒にダナンで過ごします！』とね。潔く決断したジョージ公に、ダナン貴族は拍手喝采を送っていたわ」

フェリアの言葉に、ボロルの使者が石化した。

「え……えっ!?　は、い？」

「簡潔に言うわ。シルヴィアがボロルを出たのは、宿った御子を『ママン』から守るため。『ママン』は良かれと思って、大層なことをずいぶんとシルヴィアにしてくれていたみたいね。知らないとは言わせないわ」

　フェリアが鋭くボロルの使者を見る。

「そ、それは、誤解」

「なわけなかろう」

　マクロンは近衛隊長に目配せする。

　近衛隊長が、ボロルの使者にお茶を差し出した。

「『良かれと思って』ダナンとボロルを往復したお前に準備した。とっておきのお茶だ。飲めぬわけはないよな？」

　ボロルの使者が、ドロドロとした緑色のお茶を見て、頬をヒクつかせた。

「早く、飲んで。冷めちゃうじゃない。……そう、シルヴィアに『ママン』は言うのですってね」

　マクロンとフェリアは真顔のまま、ボロルの使者に圧をかけた。

「……ご遠慮申し上げます」

　ボロルの使者が唇を震わせ項垂れる。そして、大きく息を吐き出した後、顔が上がった。

「わかりました。譲歩致します。離縁を受け入れましょう。また、有責の有無もうやむやに。ただし、その代わりに融通していただきたい物がございます。もちろん、ジョージ様にはご帰国願います」

ボロルの使者は、取り繕うことなく強く握った震える拳で敵対心を露わにした。

「『沈静草』がまだ足りないっていうの？」

フェリアがニヤリと笑って、ボロルの使者に言い返す。

ボロルの使者は、口にしていない『沈静草』が出てきたことに困惑している。

「少量の横流しでは足りなかったのか？」

マクロンもフェリアに続いた。

「バルバロ山の噴火は二カ月ほど前だったか。収穫に行くために『沈静草』が必要だろう。魔獣の巣窟を進み『ノア』の自生地に行くには」

ボロルの使者がこれでもかという具合に目を見開き、ピクピクと目元と指が反応している。

「……そ、れを、なぜ」

その問いは肯定を意味する。

ボロルの使者がハッと口元に手を当てた。

「昔々に、誰かが見つけたの。樹海の奥地、魔獣の巣窟に『ノア』が自生しているのを。

想像するに、身を隠しながら樹海を突っ切った密売人あたりかしら」

ボロルの使者が呆然としている。

フェリアは続けた。

「樹海の奥地で自生する『ノア』の収穫は魔獣という危険を伴う。どうしても『沈静草』が必要になるわ」

そこで、フェリアに控える番長が盆に載った草をボロルの使者に見せる。

引っこ抜いた『ノア』である。

ボロルの使者の呼吸が、徐々に荒くなっていく。

「樹海で自生する『ノア』は、ある条件下で飛躍的に収穫量が増すのでしょ？」

フェリアはボロルの使者とは反対に穏やかな雰囲気だ。

「過去にボロルで火山が噴火した。ダナンに、当時の記録が少しだけ残っているわ。降灰による影響で目と喉が痛む。噴火の影響で樹海の魔獣が襲ってこないかと心配する。ボロルは目と喉の薬と『沈静草』の緊急支援をあらゆる国々にお願いした。二度目に『沈静草』だけの無償提供依頼がくる。一度目と二度目の間に、樹海に入った密売人は自生する『ノア』がたくさん育っているのを目撃したのだわ。密売人だもの、『ノア』を知っていたのね」

ボロルの使者は、もう口を開けないでいる。

「『沈静草』さえあれば、『ノア』が大収穫できる！　密売人は大いに暗躍した。ボロル貴族の後ろ盾を得て」

フェリアはボロルの使者を見つめてから口を開く。

「『ママン』の実家は、表の商団に加えて、裏で密売人を抱えることにしたのだわ」

ボロルの使者は青褪めている。

「鎖国に近い閉鎖的なボロルは、物資の調達が権力にも繋がる。『ママン』の実家は密売人と手を組んだ頃から『ノア』で大金を掴み、ボロルの物資を担う力を得たのだ。もちろん、王家も噛んでいる。だから、『ママン』の実家から妃を娶っている」

マクロンが続いた。

「ダナンの三代前の王の治政で、密売人が『ノア』の取引を申し出た。ダナンの王子が吐血して『ノア』が必要になったからだ。『沈静草』と引き換えに『ノア』を手にする取引を、当時のダナン王は了承した」

それが、過去のあらましである。

「そして、今、同じようにあなたは融通してほしい物があると言った。『沈静草』よね？」

「反論できるか？」

マクロンとフェリアは、ボロルの使者に問うた。

「……」

無言という答えが返ってきた。

「『ノア』の収穫は継承されていく。『ママン』の実家でね。代々受け継がれていく『ノア』の収穫は、噴火が起きなければ大きな収穫にはならない。それが『ノア』の稀少性よね。少ない収穫でも、その稀少性で大金に化けるのだもの」

フェリアはそこでひと呼吸置く。

「待ちに待った噴火は、ボロルでなく草原のバルバロ山で起きた。その麓は魔獣の巣窟で、『ノア』が自生している地。『沈静草』を懐に忍ばせて、隠れ村で収穫の時期を待っているのね」

フェリアはボロルの使者の震える拳を一瞥する。

「痺れはあるの？」

ボロルの使者がハッとした表情でフェリアを見た。

「『沈静草』の扱いは難しいわ。アルファルドへ行ったことは？」

ハロルドから以前耳にしていた。隠れ村の密売人が、痺れを治す薬はないかとやってくることを。

このボロルの使者は、元々密売人だとフェリアは思ったのだ。痺れで『ノア』の収穫を引退し、使者になったと。

「あなたが知っての通り、『沈静草』の痺れとは一生付き合わなければならないわ。……

私は、感謝しているの。『ノア』に関してはボロルとあなた方密売人に」

ボロルの使者が『え?』と驚く。

「つい最近、魔獣の肉は万能薬だと誤った情報が流れたわ。素人狩人が、大金に目が眩み魔獣狩りをして犠牲になったり……。『ノア』も同じ事になっていたかもしれない。樹海に、無闇矢鱈に素人狩人が入っていったらと思うと、ゾッとするわ。現状、『ノア』を独占することは悪いことではないと思う。秘密にすることも。危険な収穫を一手に背負ってくれるのだから」

フェリアが穏やかな表情の理由だ。

「『ノア』を秘匿にしたことで、多くの民の命を守っていることになると思うわ」

ボロルの使者が大きく息を吐き出し、力んでいた体を弛緩させる。

「今は、明かせない。今は、独占でも構わない。『ノア』育成の環境条件が判明したら、いつか稀少性は下がっていくわ。アルファルドとダナンを筆頭に薬師らが、『ノア』を研究しているの。近い将来、『ノア』は世に出回るはずよ。だから、ボロルはそのつもりでいてほしい」

ボロルの使者が、引っこ抜かれた『ノア』を一瞥する。

「察しの通り、それは自生の『ノア』ではないわ。研究によって栽培された『ノア』よ」

「そうですか……もう、そこまで研究が進んでいるのですか」

ボロルの使者が肩を落とす。

「でも、まだまだ市場に出回るまで時間がかかると思う。それまでは……密売人による『善行の悪事』で『ノア』を密かに売買して構わないわ！」

ボロルの使者がフェリアの言いように、思わずフッと笑みを漏らす。

「『善行の悪事』とは、これはまた素晴らしい言い回しですね」

ボロルの使者が頷く。

「さて、我からも一つ。『ノア』の独占を了承する代わりに」

ここで、マクロンがニヤリと笑った。

ボロルの使者がそれを察する。

「ジョージ様を、我々『ノア』独占の引き換えとしてダナンに渡すわけですね」

「『ママン』に伝えておけ、子離れ親離れの時期だと」

着地が見事に決まったのだった。


一カ月後、ボロルから返答がくる。

『件の独占に関して、我が弟ジョージの末永き幸せを祈る』

返答は、『ママン』でなくボロル王からであった。

9 癒やし処

イザベラをミタンニへ送り、モディに薬と物資、加えて労力を運んだ第四騎士隊が帰還した。

「こちらを、モディ王から預かっております」

第四騎士隊隊長のボルグが、モディ王の親書をマクロンに手渡す。

『貴国の支援痛み入る。本当に、傷み入る。

さて、広い視野や、機知な判断と行動力を持つダナン王に感銘を受け、モディの跡目もその能力が必要との考えに至った。つまりは、他国に養子に迎えられるほどの者、婿にと求められる者こそが相応しいのだと気づかされた。

跡目争いで生き残った王子らには、他国へ武者修行に行かせ、その成果で跡目を決めると指示した。

これも、ダナンの王と王妃にご教授いただいたことであり、感謝申し上げる。

現在の跡目候補一位は第十三王子ラファトであることを、本人に伝えていただきたい。

両国のさらなる発展をここに祈る』

マクロンはフッと笑った後、フェリアに親書を渡した。

「流石、国を成したモディ王だ。第四騎士隊への評価をたった一行で大いに示してくれた」

フェリアが横でフフフと笑う。

「痛み入る、傷み入る。なんと秀逸な返答でしょう。丁寧でありながら、嫌みを交え、さらに第四騎士隊への体感も表現しているのですね」

第四騎士隊隊長ボルグのモディに行った大いなる開墾への秀逸なる返答だ。

「支援への謝意は一行だけ。残りは跡目争いの決着方法とラファトへの揺さぶり……いえ、跡目打診とも言えるし、牽制とも捉えられる。もっと深読みすれば、ラファトが次代のモディを継げば、ダナンやアルファルドが後ろ盾だとも隠されている内容。本当に、モディ王は絶妙な文章を紡ぎ出す天才ですね」

フェリアが好奇心に溢れた瞳で親書を見ている。

「ああ、その通り。一度、モディ王に会ってみたいものよ」

「私も、同じですわ」

マクロンとフェリアは笑い合った。

そのタイミングで、王城にとんでもなく響く赤子の泣き声。

「声が通るのは、母親譲りだな」

マクロンは苦笑いする。

「祖母譲りとも言えますね」

フェリアが付け加える。

「天使の面持ちはジョージ公からだな」

「中身が似なければいいですけれど」

マクロンとフェリアは、また顔を見合わせて笑う。

「中身がまっさらで良かった」

「そうですね。引き継がれてきた『ノア』のことを、ジョージ公は知らなかったですし」

「好都合だった。あのまっさらは……どうとでもなりそうだ」

ジョージの中身は、『マーマ』によって変わってきている。『ママン』の僕チャンを卒業し、成人男性としての教養や振る舞いを身につけている最中だ。

ただ、問題なのは……『マーマ』だけでなく、双頭の悪魔のもう一方たるキャロラインも加わっていることだ。

「かなり強制的にでしょうけれど」

きっと、シルヴィアの八年よりも凝縮した経験を積めることだろう。シルヴィアの溜飲が下がり、ジョージを再度受け入れるかどうかはこれからにかかっていよう。

「フゥ、やっと、終わったか」

マクロンは体を伸ばす。

「そうですね。やっと、終わったと感じます」

行商人の南下とシルヴィアの離縁から繋がった難問が解決しただけでなく、『ノア』のことも判明し、フェリアは……両親の死から繋がる全てが終わったのだと思った。

そこで、マクロンは咳払いしてフェリアに視線を投げた。

「疲れが溜まっていないか？」

フェリアが首を回しながら『そうかも』と呟く。

マクロンは目頭を押さえてみせる。

「マクロン様も？」

「まあな。今回の難問は心身共に疲れた」

マクロンはそこで、フェリアを抱き上げる。

「えっと、あの？」

困惑するフェリアだが、マクロンの首にしっかり腕を回している。

「癒やしが必要だと思わないか？」

フェリアはハッとした。

過去にも同じような会話をしたことを思い出したのだ。

「お、下ろしてください！」

マクロンはフェリアをガッチリと抱え込み離さない。

「つまりは、６番邸だ！」

なんとかして下りようとするフェリアを捕らえたまま、マクロンは歩き出す。

近衛隊長が気を利かせて、扉を開ける。

「王様、どちらへ？」

言わずもがな、ビンズが仁王立ちで待ち構えていたのだった。

フェリアは、ケイトが用意したそれを持って赤面している。

「こ、これが？」

動揺のせいか、声が落ち着かない。

ビンズにより６番邸での癒やしを阻止され、気落ちしながら連行されたマクロンのために、フェリアはマクロンが言い淀んだ望みを思い出して、ケイトに相談していた。

「ええ、女性の白タイツといえば、ランジェリーに合わせたニーハイストッキングのこと

かと存じます」

寝室のベッドには、吹く息で舞いそうな極めて薄く短い丈のランジェリーと、ニーハイストッキングが並べられていた。

「では、着用を」

「無理……流石に、恥ずかしすぎるもの！」

ケイトが首を傾げる。

「すでに、全身を見られているのに、可愛らしい下着を身につけられることが恥ずかしいとは、不思議なものですね」

「だって！　だって、これを着るのよ⁉」

フェリアは真っ赤になって、ベッドの上を指差す。

「王様のいつぞやのご希望だとか？」

フェリアはモジモジしながら口を開く。

「そうなの……数カ月前に確かに耳にしたわ。『白タイ、ッ、はだな』と」

ケイトがウンウンと頷く。

「王妃様の肌には、白タイツが似合うということでしょう」

思わぬ所で、マクロンの発言が誤解を生んでいたようだ。

「さあさあ、王様のご希望ですから、ご着用を」

フェリアはまだ決心がつかない。

「王様の『癒やし処』は王妃様では？」

ケイトの発言は、フェリアに決心させるには余りある一撃だった。


マクロンが布団に包まる小さな山に首を傾げる。

「フェリア？」

山がビクッと反応する。

「どうしたのだ、寒いのか？　医官でも呼ぼうか？」

「駄目です!!」

「それだけ元気な返事なら問題はないか」

マクロンの重みがベッドを沈めた。

「フェリア」

マクロンが布団から少しだけ出ている髪をもてあそぶ。

「……マクロン様、今日だけですからね。約束して」

「何がなんだかわからぬが、約束すればいいのか？　私は、フェリアの望みならなんでも約束するぞ」

「本当に？」

「ああ」

フェリアは布団から顔を、そして、全身を出した。

マクロンが目を見開く。

「……可愛いな」

フェリアはモジモジと身を捩り、布団に手をかけた。

だが、マクロンは布団で隠そうとするフェリアを許さないようだ。布団をガッチリ掴んでいる。

「今日だけの約束は守ってくださいね！」

フェリアは言いながら、布団を引っ張った。

「今日という日が毎日続いて一生と呼ぶと私は認識している。つまり、毎日が今日だな」

マクロンが布団ごとフェリアを抱き締めたのだった。

終わり

あとがき

はじめまして、桃巴です。いえ、もう何度もご挨拶をしていることでしょう。

『31番目のお妃様』十巻をお手に取っていただきありがとうございます。

奇しくも、五年前の六月に一巻が発売され、五年後の六月に十巻となりました。

ということで、十巻は一巻の始まりを彷彿させるような展開にしました。読者様の中には、その趣旨を理解しニヤリと笑みを浮かべた方がいるのではないかと思っています。


十巻です。二桁巻です。五年も続いています。

いつまで続くの？

そんな読者様の心中だと察しております。

『31番目のお妃様』の読者様には、爽快に読了していただきたいと思っています。

十巻に至るまで、イラストを担当していただいた山下ナナオ様、感謝致します。照れているフェリアのイラストが大好きです。

担当様……プロットは目を瞑(つぶ)ってください。

そして、十巻を最後(あとがき)まで目を通してくださった全ての方に、再度お礼申し上げます。

さて、作者は読者様に花道をご覧いただくことができるでしょうか？

桃巴

■ご意見、ご感想をお寄せください。
《ファンレターの宛先》
〒102-8177 東京都千代田区富士見2-13-3
株式会社KADOKAWA ビーズログ文庫編集部
桃巴 先生・山下ナナオ 先生

●お問い合わせ
https://www.kadokawa.co.jp/（「お問い合わせ」へお進みください）
※内容によっては、お答えできない場合があります。
※サポートは日本国内のみとさせていただきます。
※Japanese text only

31番目のお妃様 10

桃巴

2023年6月15日 初版発行

発行者　山下直久
発行　株式会社 KADOKAWA
〒102-8177 東京都千代田区富士見2-13-3
（ナビダイヤル）0570-002-301
デザイン　伸童舎
印刷所　凸版印刷株式会社
製本所　凸版印刷株式会社

ISBN978-4-04-737514-7 C0193

定価はカバーに表示してあります。
◇◇◇

あっ
花壇にあったレンガで窯を作ったの
これで美味しいパンを作れるわ
ふー
バーン
では…
早速ですが農機具一式が欲しいです！
ぱあっ
平民服
牛車
モ～
ニヤッ
回想
私の荷物の中に兄さんの野営箱が紛れ込んでたんです
今頃兄さん慌てているわ
ビーズログコミックスにて
コミックス①~⑤巻好評発売中!!!
ちょっと(かなり)変わっているお妃様の成り上がり劇★
31番目のお妃様
七輝翼
原作/桃巴(ビーズログ文庫)
キャラクター原案/山下ナナオ